Personne n'est parfait !

Casterman
Cantersteen 47
1000 Bruxelles

www.casterman.com

ISBN : 978-2-203-12187-4
N° d'édition : L.10EJDN001713.N001

Publié en Grande-Bretagne par Piccadilly Press, sous le titre : *Our House*

Achevé d'imprimer en octobre 2016, en Espagne.
Dépôt légal : janvier 2017 ; D.2017/0053/8

Déposé au ministère de la Justice, Paris
(loi n° 49.956 du 16 juillet 1949 sur les publications destinées à la jeunesse).

T. S. Easton

CHEZ NOUS

personne n'est parfait !

Traduit de l'anglais
par Valérie Le Plouhinec

casterman

À ma famille

Première partie

La Porte d'Entrée

J'ai compris qu'il se passait quelque chose d'insolite quand j'ai senti un courant d'air dans le couloir. Je me suis arrêtée un instant, perplexe, puis j'ai tourné les yeux vers la Porte d'Entrée. Elle était ouverte. Je voyais les marches du perron qui descendent vers le jardin plein d'herbes folles. Au-delà, un morceau de ciel gris et une petite auto rouge garée dans la rue, devant la maison.

Alors que je restais plantée là, bouche bée, un coup de vent a poussé quelques feuilles mortes et un sachet de chips vers l'entrée ; ils se sont arrêtés sur le paillasson.

— Pa... Papa ? ai-je appelé d'une voix nerveuse. Puis, plus fort : Papa !

Il a passé la tête par la porte de la cuisine. William D, juste derrière, lui tapait sur les fesses avec un sabre laser cassé.

— Oui, Chloé ?

J'ai pointé le doigt sans rien dire.

— Arrête, William D. Qu'y a-t-il, chér...

Papa s'est tu d'un seul coup quand il a vu.

— La Porte d'Entrée, a-t-il dit d'une voix étranglée. Elle est ouverte ! La Porte d'Entrée est OUVERTE !

Il y a eu un instant de silence complet, le temps que la maison entende ce cri du cœur et digère cette grande nouvelle. Puis Marguerite est arrivée de la salle à manger pour voir le prodige. Maman a dévalé l'escalier, essoufflée. William D a passé la tête entre les jambes de Papa.

Alors, sous nos yeux, la Porte d'Entrée a lentement commencé à se refermer.

— Non ! a crié Maman.

— Cours, Chloé, cours ! m'a lancé Papa. C'est toi la plus proche !

Et j'ai couru, oui. Je me suis ruée dans le long couloir, vers la porte qui se refermait. On aurait dit une scène d'action dans un film plein de temples piégés et de portes dérobées. J'ai foncé à travers les manteaux suspendus au portemanteau, bondi par-dessus un tas de chaussures. En contournant la petite table du téléphone, j'ai compris que je n'y arriverais pas. La Porte d'Entrée semblait m'avoir vue venir et accélérait le mouvement.

— Plonge, Chloé, plonge ! a hurlé Papa.

Et j'ai plongé, oui. J'ai pris mon élan, bondi, atterri, glissé. Et à l'instant où la Porte d'Entrée allait se refermer, j'ai agrippé le chambranle avec mes doigts et je m'y suis cramponnée. La Porte d'Entrée était toujours ouverte.

Toute la famille Deal m'a acclamée. Toute, sauf Jacob, parce qu'il n'était pas là.

— Tu as réussi, Chloé ! Tu as réussi ! répétait Maman.

J'étais un peu étonnée. D'habitude, je rate tout, dans ce genre de situations. Je tombe beaucoup, je suis très maladroite. Maman dit qu'elle se croit parfois dans un restaurant grec, avec la quantité d'assiettes que je casse. Mais aujourd'hui, j'ai agi, j'ai relevé le défi, et j'ai réussi sur toute la ligne !

— Bon, a déclaré Papa, reste là et garde-la ouverte le temps qu'on termine le petit déjeuner.

Il faisait frisquet sur le perron. Le temps était pourri pour un mois de juin, et mai avait été affreux aussi. Papa prétend qu'en Angleterre nous avons généralement des étés façon sandwich : il fait beau au début et à la fin, avec quelque chose d'horrible entre les deux.

— Pas très appétissant, ton sandwich, a fait remarquer Marguerite un jour.

— Un sandwich à la crotte de chien, a ajouté William D avant de rire si fort qu'il en est tombé de sa chaise.

— Encore ! s'est exclamée Maman, exaspérée. Tu parles de crotte en PERMANENCE !

J'espère que cet été-ci va être un sandwich à l'envers, dans lequel le beau temps coïncidera avec les grandes vacances, car nous avons prévu de partir camper avec nos cousins, les Cooper. Et en plus, mon anniversaire est pour bientôt, juste après le dernier jour d'école. Ce que je voudrais, c'est donner une grande fête dans le jardin, mais je ne suis pas sûre que ce soit possible. Maman dit que la maison n'est pas « en état » de recevoir des invités.

Cela fait presque deux ans que nous vivons dans notre nouvelle maison. William D, qui avait quatre ans quand nous avons déménagé, ne se rappelle pas l'ancienne, en ville. Marguerite, qui n'avait que six ans, dit qu'elle en a des souvenirs, mais je sais qu'elle confond parfois. Moi, j'avais huit ans et je m'en souviens très bien. Elle avait un minuscule jardin sans pelouse. À présent, notre jardin est si vaste et si sauvage que Papa ne trouve plus la tondeuse parce qu'elle est perdue dans les hautes herbes. Dans l'ancienne maison, il n'y avait pas assez de chambres pour nous tous, mais dans celle-ci il y en a tellement que William D a du mal à se rappeler laquelle est la sienne. Dans notre ancienne maison, nous avions des voisins bruyants – alors que maintenant, les voisins bruyants, c'est nous ! M. Coleman, le monsieur grognon d'à côté, n'arrête pas de passer la tête par-dessus la clôture pour nous dire de baisser le volume quand nous jouons à la chasse au Skink dans le jardin.

Quand nous sommes arrivés, plusieurs choses ne me plaisaient pas dans notre nouvelle maison. Les murs de certaines chambres ont de grandes taches d'humidité et du vieux papier peint qui se décolle et qui nous frôle la figure quand on se lève la nuit dans le noir pour aller faire pipi. Le plancher grince, il y a des clous qui dépassent, et l'électricité laisse à désirer. Parfois, Papa prend une décharge quand il allume dans le couloir.

Mais je déteste une chose par-dessus tout dans cette nouvelle maison : c'est la porte d'entrée. Papa assure qu'elle a une volonté propre et il l'a rebaptisée «la Porte d'Entrée», avec des majuscules. Il a commencé à dire que c'était clairement une fille, mais Maman lui a fait les gros yeux et il s'est tu pendant un petit moment. La Porte d'Entrée ne s'ouvre pas quand on veut qu'elle s'ouvre. Parfois elle ne s'ouvre pas du tout, et à d'autres moments, elle pivote toute seule sur ses gonds. Une nuit, j'ai entendu un bruit. Je suis descendue : la Porte d'Entrée était grande ouverte, et un petit renard me regardait, assis sur le paillasson. Nous sommes restés là je ne sais combien de temps, à nous dévisager dans le clair de lune, jusqu'à ce que le renard décide qu'il était temps de s'en aller.

Le lendemain matin, je me suis demandé si c'était un rêve, mais nous avons découvert qu'il avait laissé une crotte en souvenir sur les marches. William D a marché dedans.

La Porte d'Entrée est particulièrement capricieuse par temps humide. C'est pour ça que j'ai été tellement surprise de la trouver ouverte ce matin. Il pleuvait à verse depuis la veille. Je m'étais réveillée en pleine nuit et j'avais écouté le bruit délicieux des gouttes de pluie tapant au carreau de ma petite fenêtre, tout en haut de la maison. Je m'étais pelotonnée sous mes couvertures en essayant de ne pas me rendormir, juste pour en profiter. Et voilà que la Porte d'Entrée était grande ouverte : cela paraissait trop beau pour être vrai.

Papa et Maman disent toujours qu'ils vont s'occuper de la Porte d'Entrée, mais ils n'ont jamais assez d'argent pour faire venir un menuisier. Encore une chose que je n'aime pas dans cette nouvelle maison : depuis que nous y vivons, nous sommes fauchés. Mes parents ont dépensé tout ce qu'ils avaient pour se l'offrir, et du coup il ne reste plus rien pour acheter des trucs à mettre dedans. Enfin bref, voilà pourquoi je ne suis pas sûre de pouvoir faire une fête pour mon anniversaire. La maison est en mauvais état, et il n'y a pas beaucoup d'argent pour ce genre de choses. Comme dit Maman : « On ne peut pas inviter des gens tant qu'on n'est pas sûrs qu'ils pourront entrer. »

Un jour où Papa nous gardait parce que Maman était partie voir Mamie Jeanne, il a décidé qu'il allait « régler son compte à la Porte d'Entrée une bonne fois pour toutes ». Il nous a emmenés au Brico Mégastore, où il a acheté une ponceuse orbitale, des disques de papier de verre à mettre dessus et une longue chaîne métallique. Ainsi qu'une courte chaîne en plastique blanc. Il ne voulait pas de la chaîne en plastique blanc mais on a dû l'acheter parce que William D, en explorant le magasin, l'avait brisée sans le faire exprès et qu'un monsieur en uniforme Brico Mégastore nous tenait à l'œil. Il y a toujours quelqu'un pour nous tenir à l'œil quand nous entrons dans des magasins avec William D.

— Trop nuuul, a dit William D.

Il dit souvent « trop nuuul ». Nous avons un tas de vieux DVD de Hannah Montana qu'il aime beaucoup regarder, je crois que ça lui vient de là. Il fait aussi le signe « loser », en dessinant un L sur son front avec ses doigts, sauf qu'il se trompe de main et qu'il le fait à l'envers. Maman en conclut que « trop nuuul » est sa devise. Mais il le dit rarement au bon moment, parce qu'il ne sait pas vraiment ce que ça signifie. Cette fois-là, il a eu bon, parce que c'est vrai que c'était assez nul que le monsieur en uniforme Brico Mégastore nous surveille. Pendant qu'on y était, Papa a aussi acheté des échantillons de peinture dans des petits pots. Nous avons beaucoup d'échantillons de peinture parce que Maman n'arrive jamais à décider précisément de quelle couleur elle va peindre le salon. Marguerite et moi avons le droit d'en choisir un chacune, et Papa prend toutes les nuances de Blanc Crème, Blanc Cassé, Blanc Écru et Blanc Presque Blanc pour que Maman puisse peindre des carrés sur le mur et les contempler pendant des heures, lumière allumée puis lumière éteinte. Aujourd'hui, il a pris du Gris Charleston, du Ficelle Diaphane et du Mie de Pain Pâle.

Marguerite, elle, choisit toujours du Lilas. Elle a décidé depuis longtemps que c'était la couleur qu'elle voulait pour sa chambre, et maintenant elle la peint morceau par morceau, avec les échantillons qu'elle rapporte du Brico Mégastore. Comme nous y allons au moins une fois par semaine, elle a déjà presque terminé un mur entier et a commencé le pourtour de la fenêtre. Cette fois-là, moi, j'ai choisi du Murmure Citronnelle, plus pour le nom que pour la couleur. En fait, une fois étalé sur le mur, c'était une sorte de vert moisi. Ça ne m'a pas plu. Je ne suis pas pressée de choisir une couleur pour ma chambre parce que je l'aime comme elle est, même si un de ses murs est maintenant un patchwork de couleurs pas très jolies avec des noms idiots.

Enfin bref, en rentrant à la maison, nous avons envoyé Marguerite traverser le rhododendron pour ouvrir la porte de derrière. Elle a ensuite retraversé la maison dans l'autre sens et ouvert la fenêtre du salon pour que nous puissions entrer. Puis nous avons encore essayé d'ouvrir la Porte d'Entrée. Nous sommes donc ressortis par la fenêtre, sauf William D, qui est monté sur une chaise à l'intérieur pour tourner la poignée pendant que nous autres poussions le plus fort possible depuis l'extérieur. Ça n'a pas marché. Marguerite a fini par s'écrouler sur le paillasson, à bout de souffle.

— On n'y arrivera jamais, ai-je dit à Papa. La Porte d'Entrée sent quand on veut la raboter, elle ne s'ouvrira pas.

— C'est ce qu'on va voir, m'a répondu Papa.

Il est retourné chercher la chaîne métallique dans la voiture. Puis, avec beaucoup de «argh» et de «ouuufff», il est entré par la fenêtre et a rejoint l'entrée. Nous l'avons suivi en gloussant de rire. Papa a passé une barre de fer dans le dernier maillon de la chaîne pour former une sorte d'ancre bizarre. Puis il a placé le restant de la chaîne dans la fente à courrier. Comme la Porte d'Entrée refusait toujours (évidemment) de s'ouvrir, nous sommes ressortis par la fenêtre, Papa a ramassé la chaîne sur le perron, et il l'a accrochée au pare-chocs arrière de la voiture.

Marguerite et moi avons échangé des regards inquiets.

— Qu'est-ce qu'il fait? m'a demandé Marguerite.

— Il compte se servir de la voiture pour ouvrir la porte.

— Et ça va marcher?

— Je ne pense pas.

Marguerite croit que je sais tout sur tous les sujets. C'est vrai que je sais beaucoup de choses. Mme Fuller dit que je suis très observatrice. Quand j'ai raconté ça à Maman, elle a haussé un sourcil et a glissé que je ne remarquais jamais quand ma chambre était en bazar. Mais ce n'est pas le genre de sens de l'observation dont je voulais parler. Par exemple, j'aime beaucoup les documentaires sur la nature et je suis attentive à la vie sauvage dans le jardin ou au parc. Avant, je mettais les insectes et tout ça dans des bocaux, mais ils mouraient, alors maintenant je les observe dans leur habitat naturel, comme la famille de souris qui vit dans une vieille botte en caoutchouc de William D.

Je suis douée aussi pour remarquer des choses à propos des gens. On peut toujours deviner ce qu'ils pensent à leurs gestes, ou à leur expression, ou à leur façon de marquer un silence avant de parler. Papa dit que j'ai de l'« empathie », ce qui veut dire que l'on comprend les sentiments des autres. J'ai mis longtemps à me rendre compte que tout le monde n'était pas comme moi. Certaines personnes se fichent de ce que ressentent les autres, ou ne se rendent même pas compte que les autres ont des sentiments. Et certaines savent que vous avez des sentiments et font exprès de les piétiner. Comme Imogen Downing.

— Bien, a dit Papa en revenant après avoir démarré le moteur de la voiture. Deux consignes de sécurité importantes. Consigne de sécurité n° 1 : je veux que vous montiez dans la chambre de derrière, au cas où la chaîne se briserait. Vous ne voulez pas vous faire trancher en deux. OK ?

— OK, ai-je dit. Et la Consigne de sécurité n° 2 ?

— La Consigne de sécurité n° 2, c'est : pas un mot à Maman.

— C'est une consigne de sécurité, ça ?

— Oui, parce que si elle apprend ce que j'ai fait, elle va me tuer, a répondu Papa.

Nous sommes donc rentrés par la fenêtre puis nous sommes montés à l'étage, mais nous ne sommes pas allés dans la chambre de derrière, bien sûr. Nous sommes allés dans la chambre des parents. William D portait un casque de policier en plastique pour plus de sûreté. Marguerite a avalé sa salive, *gloups*, quand Papa a fait rugir le moteur. Je me rappelle avoir pensé que c'était une chance pour Papa, ou peut-être une malchance, que la voiture soit devant la maison ce jour-là. D'habitude on ne trouve pas de place et il faut aller se garer tout au bout de la rue, voire encore plus loin, dans St George's Road. Avec un gros *vroum*, la voiture est soudain partie en avant, tendant la chaîne. Nous avons entendu la barre de fer heurter violemment la Porte d'Entrée de l'intérieur. Mais ce n'est pas la Porte d'Entrée qui a cédé. Et ce n'est pas la chaîne non plus. En revanche, le parc-chocs entier s'est détaché de la voiture avec un *ping* sonore, si bien que la chaîne est repartie en arrière comme un fouet et a traversé la fenêtre du salon, fracassant au passage un éléphant en porcelaine posé sur le rebord. Le pare-chocs s'est retrouvé derrière le canapé, tout tordu, et quand Maman est rentrée William D lui a tout raconté avant même qu'elle ait enlevé son manteau. Enfin bon, voilà. Depuis, la Porte d'Entrée reste fermée quand elle le veut, et s'ouvre selon son bon plaisir.

J'étais donc là, en ce jeudi matin humide de juin, en train de monter la garde sur notre passage vers l'extérieur. Maman m'a apporté des céréales dans un bol en plastique et je suis restée assise dans l'entrée, les pieds sur le perron, à regarder les gouttes de pluie tomber dans une flaque qui s'était formée entre les dalles, en bas des marches. Soudain, dans un éclair noir, quelque chose est passé à côté de moi.

— Clématite ! ai-je crié.

Le chat a descendu les marches et s'est arrêté un instant, en clignant des yeux, avant de plonger sous le rhododendron qui pousse contre la maison. Son vrai nom est Sebastian, mais, quand il était chaton, il passait son temps à grimper aux rideaux, si bien que Maman l'a rebaptisé Clématite, parce que c'est une plante grimpante, et ce surnom lui est resté.

Nous avons aussi un autre chat, nommé Jeremy. Nous l'avons adopté dans un refuge. Papa dit qu'il est neuneu, ce qui n'est pas très gentil, je trouve. Maman l'appelle La Limace, parce qu'il reste vautré la plupart du temps mais aussi parce qu'il aime manger les limaces. Il est répugnant. Clématite, quand nous l'avons eu au début, nous rapportait des tas d'animaux du jardin et les déposait devant nous, l'air content de lui. Maman nous attrapait par un bras et nous emmenait dans une autre pièce pendant que Papa se débarrassait de l'oiseau, de la souris ou du crapaud. En général, on l'entendait faire des bruits de nausée. Je pense que La Limace s'est dit que toute cette histoire de chasse, c'était trop d'efforts. Pourquoi guetter pendant des heures, ramper et essayer d'attraper quelque chose qui bouge vite, quand on peut simplement ramasser une limace au cours d'une promenade ? Elles doivent avoir un goût immonde, mais, comme l'a fait remarquer Maman, le merle cru ce n'est pas fameux non plus. Le problème, c'est qu'il se retrouve avec de la bave visqueuse autour de la gueule, et que comme elle ne part pas facilement il peut la garder pendant une éternité. Ça n'a pas l'air de le déranger.

Je suis sortie sur le perron pour regarder le côté de la maison, en espérant que Clématite était bien parti sur le terrain à l'arrière. Mais là, je l'ai vu traverser le petit jardin de devant et sauter sur le mur de brique. Il a observé de l'autre côté d'un air intéressé, comme s'il avait l'intention de redescendre dans la rue. J'ai dévalé l'escalier en silence, pour qu'il ne file pas en m'entendant arriver, et je l'ai attrapé par son petit ventre rond. Par chance, Clématite est un chat affectueux. Il aime les humains et il est très content qu'on le porte, la plupart du temps.

En me retournant pour le ramener à l'intérieur, j'ai vu la Porte d'Entrée se fermer.

Clac, a fait la Porte d'Entrée.

Clic, a fait la serrure.

Zut, ai-je pensé.

Clématite s'est tortillé pour m'échapper, a gracieusement sauté au sol et a filé dans le rhododendron pour rejoindre le jardin à l'arrière. Ce rhododendron pousse dans le petit passage qui donne accès au jardin et à la porte de derrière. C'est un massif énorme, aux branches épaisses, qui prend toute la place, si bien que c'est difficile de le franchir, même pour William D. Il a de jolies fleurs violettes au printemps mais à présent il est juste vert, mouillé et encombrant. Le pire, dans cette histoire de Porte d'Entrée qui restait fermée, c'était qu'elle nous obligeait à entrer par la porte de derrière, ce qui voulait dire qu'il fallait traverser la jungle qui occupe le côté de la maison, rhododendron compris. Par temps sec, on se retrouvait avec des brindilles dans les cheveux et des feuilles dans les chaussures. Maman a prétendu un jour avoir découvert un écureuil dans son sac à main.

Et quand il faisait humide comme ce jour-là ? Eh bien, on était complètement trempés. Surtout Maman, qui nous déposait souvent à l'école « avec l'air d'un rat noyé », comme elle disait.

— Tu sors de la salle de sport ? lui demandaient les autres mamans.

— Oui, répondait-elle.

D'accord, c'était un mensonge, mais ce n'était que justice, étant donné les circonstances. Certaines des mamans qui déposent leurs enfants à l'école sont vraiment très belles. Elles sont bien maquillées, ont des jolies chaussures et pas de brindilles dans les cheveux. Moi, je trouve que Maman est la plus belle de toutes, mais elle n'est pas au top quand elle sort du rhododendron.

Et donc, ce jour-là, Maman allait encore être trempée, et ce serait ma faute. Je me suis enfoncée dans le buisson géant, en faisant la grimace parce que les feuilles froides et mouillées se collaient à moi. En ressortant de l'autre côté, j'ai aperçu mon reflet dans la vitre. On aurait dit que je venais de traverser l'Amazone à la nage. Après avoir rapidement vérifié que je n'avais pas de limaces sur moi, j'ai rejoint la porte de derrière et regardé par le carreau. Ils étaient à l'intérieur. En train de rire. Maman avec ses longs cheveux bruns, Papa très beau dans sa chemise bleue à laquelle il manque un bouton. Cette andouille de William D en train de faire sa Danse mexicaine. Marguerite, toute mignonne avec son bandeau rose préféré dans les cheveux. Même Jacob, notre ado maison, était sorti de sa chambre pour manger des toasts, appuyé au poêle, le visage inexpressif.

J'ai poussé un gros soupir. Il était temps que j'assume ma faute avec la Porte d'Entrée.

J'ai ouvert la porte de derrière et ils ont cessé de rire pour me regarder. Ils ont immédiatement compris ce qui s'était passé. Ce que j'avais fait. Marguerite s'est levée et a couru dans l'entrée. Il n'y avait pas un bruit, à part le tic-tac de la pendule. C'est une de ces pendules qui tournent à l'envers, avec les chiffres inversés. Ce jour-là, j'aurais voulu que le temps, lui aussi, passe à l'envers et me ramène avant le moment où j'avais laissé la Porte d'Entrée se refermer. À vrai dire, elle est nulle, cette pendule. Jacob est le seul à savoir lire l'heure dessus. Puisqu'on parle de Jacob : il lui a suffi d'un regard vers mon visage griffé, quand je suis entrée dans la cuisine, pour s'éclipser en vitesse. Jacob a horreur des drames.

— La Porte d'Entrée est fermée ! a inutilement crié Marguerite.

— Ah, flûte, tant pis, a soupiré Papa.

— Oui, tant pis, a dit Maman d'une voix étranglée.

Elle faisait comme si ce n'était pas grave, mais j'ai bien vu qu'elle était contrariée. Et pendant un instant, rien qu'un instant, elle a eu l'air très triste, comme parfois quand nous vivions encore à Londres.

Et c'était entièrement ma faute.

L'école

Vingt minutes plus tard, nous arrivions devant l'école. Maman nous dépose en premier, puis se dirige vers le centre-ville avec William D. Une fois qu'elle l'a déposé à la petite école, elle s'en va travailler. Elle est très occupée, ma maman, toujours active. Elle n'arrête pas de recevoir des coups de fil ou des SMS pour décider qui va chercher les enfants de qui ce jour-là, et qui les emmène à la piscine, aux scouts ou au foot. Elle est très organisée et sait où déposer les gâteaux pour le petit déjeuner des mamans ou qui va s'occuper du barbecue de la kermesse de l'école et mille autres détails. Il y a des mamans, en revanche, qui ne font pas grand-chose. Elle dit qu'elles se retrouvent juste pour boire du café, échanger des ragots et se plaindre de tout ce qu'elles ont à faire.

Peu à peu, nous avons remarqué que Maman souriait beaucoup plus depuis qu'elle avait cessé de travailler à Londres, et qu'elle était bien plus présente. Elle est là quand on a besoin d'elle. Parfois, elle dit qu'elle aimerait reprendre son boulot d'avocate rien que pour se reposer un peu, mais c'est une blague, je crois. Désormais, elle travaille dans un bureau en ville, juste à temps partiel, et même si son patron la fait râler, on voit bien qu'elle est nettement plus heureuse. Ma mère est très drôle, même si parfois je ne comprends pas ses plaisanteries. Jacob dit que c'est de l'ironie. En tout cas, Papa rit de ses blagues à en perdre haleine. C'est une des choses que je préfère chez elle, quand elle le fait rigoler jusqu'à ce qu'il ne puisse plus respirer.

Elle appartient à la catégorie de ces gens qui ne rient pas beaucoup eux-mêmes. Elle est plus douée pour faire rire les autres. Parfois, tard le soir, quand je n'arrive pas à dormir, je sors de ma chambre et je m'assois à mi-hauteur de l'escalier. J'aperçois à peine leurs têtes par la porte ouverte de la pièce télé, et ils sont en train de regarder une émission quelconque, mais sans regarder vraiment parce qu'en réalité ils bavardent tranquillement. Je n'entends jamais ce qu'ils se disent, seulement la voix grave de Papa et celle, douce, de Maman. De temps en temps, Maman dit une chose qui fait rire Papa tellement fort qu'on dirait qu'il va s'étouffer.

Parfois, quand ils se disputent, j'ai peur qu'ils se séparent, comme les parents de mon amie Emily.

Mais quand j'entends Maman faire rire Papa, je cesse de m'inquiéter pendant un petit moment : comment Papa pourrait-il quitter quelqu'un qui le fait rire comme ça ? Et comment Maman pourrait-elle quitter quelqu'un qui la considère comme la personne la plus drôle du monde ?

Ma mère est très jolie, mais ce jour-là était un jour d'« expédition dans la jungle », comme elle dit. Le rhododendron était plus gros et touffu que jamais, et il suffisait d'en effleurer une feuille pour se faire doucher. En préparation, elle avait échangé sa robe d'été contre un pantalon gris et son vieux cardigan noir.

Comme d'habitude, il y avait une petite troupe de mamans devant les portes de l'école élémentaire Weyford. C'étaient principalement des mamans qui déposaient les enfants. Il y avait bien quelques papas aussi, en costume-cravate ou en salopette tachée de peinture, mais ils ne s'attardaient pas pour bavarder. D'habitude, mon amie et voisine d'en face Emily faisait le chemin à pied avec nous, mais en raison de l'incident de la Porte d'Entrée et du fait que Maman avait dû se changer, nous avions pris du retard et Emily avait dû partir devant. J'ai vu sa maman, Vicky, qui parlait avec celle d'Imogen Downing, Ellen.

Vous savez comme, à l'école, il y a des filles qui sont très populaires et avec qui tout le monde veut être ami, sauf qu'en secret vous ne les aimez pas tellement et elles sont un peu méchantes avec vous? Imogen est comme ça, et sa mère aussi.

Maman a essayé de se faufiler sans se faire remarquer, mais Ellen l'a vue.

— Polly!

— Ah, bonjour, Ellen, a fait Maman en levant discrètement les yeux au ciel.

— Tu es allée à la piscine?

— Euh, non.

— C'est juste que tes cheveux sont...

Ellen s'est tue et a avancé la main vers Maman, qui a eu un mouvement de recul, mais trop tard. Elle a sorti une brindille de ses cheveux et l'a examinée.

— Ça alors, je la cherchais partout! a fait Maman en la lui reprenant.

— C'est un nouveau look?

— Eh bien, j'avais déjà essayé de traverser la haie à reculons, a répondu Maman, et aujourd'hui j'ai tenté en avant, pour changer.

Elle tournait la situation à la plaisanterie, mais j'ai bien vu qu'elle n'était pas contente. Elle s'est retournée pour me faire une bise, puis une à Marguerite.

— Travaillez bien, les filles. Et si on vous demande si vous voulez devenir avocates quand vous serez grandes, dites non.

Alors qu'elles s'éloignaient, j'ai entendu Ellen lui dire :

— Ce sac à main est increvable, Polly. Depuis le temps que tu l'as !

Pauvre Maman. C'était ma faute si elle était dans cet état. Alors que j'entrais dans l'école, Imogen m'a rattrapée. Elle portait un bracelet Rainbow Loom. C'est totalement passé de mode.

— Ta mère avait un bout de bois dans les cheveux, m'a-t-elle lancé d'un air narquois.

— Je sais.

Je lui ai expliqué le coup du rhododendron, en espérant qu'elle trouverait ça drôle.

— Pourquoi vous ne demandez pas à votre jardinier de le tailler? m'a-t-elle demandé.

— On n'en a pas. On n'a que Papa, et il ne fait pas grand-chose dans le jardin.

C'est assez difficile de décrire mon père à quelqu'un qui ne le connaît pas. Il est très intelligent et il était très doué dans ses études, cependant il n'est bon que dans certains domaines. Par exemple, il travaille dans l'informatique mais il est incapable de réparer l'ordinateur, ou de faire fonctionner l'imprimante, ou de programmer le magnétoscope, ou de se rappeler le moindre mot de passe, ou de faire quoi que ce soit d'utile dans la maison. Parfois, il travaille à distance, sans sortir de chez nous. Il analyse des programmes informatiques pour des banques, si bien que quand il travaille il a la tête plongée dans les chiffres et les tableaux pleins de chiffres. Papa est à l'opposé de moi, dans le sens où il ne remarque absolument pas les gens, ni les événements, ni les tâches qui ont besoin d'être accomplies.

Imogen a plissé le nez quand je lui ai dit que nous n'avions pas de jardinier.

— Nous, on en a un qui vient trois fois par semaine, m'a-t-elle répondu. Il taille très bien les buis.

— Notre papa à nous, il fait très bien les spaghettis carbonara, a fièrement clamé Marguerite.

Elle n'arrangeait pas les choses.

— Tu vas être en retard, lui ai-je fait remarquer.

— J'y vais! a-t-elle lancé avant de partir en courant.

Elle ne comprend pas qu'Imogen nous taquine. Elle a vraiment du bol: il n'y a aucune méchante dans sa classe. Elle est très aimée et a beaucoup d'amies. Et en plus, sa maîtresse, Mme Jervis, joue de l'ukulélé en classe quand elle veut les calmer.

Malheureusement pour moi, Imogen est dans ma classe. Elle était déjà dans ma classe en CM1, et elle y sera encore en sixième, parce que ça se passe comme ça dans notre école. J'ai demandé à Maman si je pouvais changer de classe et elle m'a répondu qu'elle était désolée, mais qu'il fallait que j'apprenne à me défendre contre les pestes.

— Est-ce qu'on t'a déjà embêtée à l'école ? lui ai-je demandé un soir, avant de me coucher.

— Oh oui. Debbie Wilkinson a jeté mon crayon Rick Astley dans les toilettes, une fois.

— Comment tu t'es défendue ?

— Par l'ironie, m'a-t-elle répondu avec un sourire malicieux.

— C'est quoi, l'ironie ?

— C'est quand on dit une chose qu'on ne pense pas.

— Comme Papa quand il dit qu'il va tondre la pelouse ?

— Non, ça c'est du mensonge. L'ironie, c'est dire une chose avec un certain ton de voix, qui fait clairement comprendre qu'on pense le contraire. Par exemple : « Merci BEAUCOUP de me marcher sur le pied, Chloé. »

J'ai ri.

— Ou bien : « Maman, je suis TROP contente qu'il nous pleuve dessus », ai-je proposé.

— C'est ça, m'a-t-elle dit en souriant. (Maman est si jolie quand elle sourit !) Ou bien : « J'ADORE traverser un rhododendron tous les matins. »

— Et ton ironie, ça a arrêté les vilaines filles qui t'embêtaient ?

— Non, mais ça m'a fait du bien.

Alors que nous approchions de la classe, Imogen a vu Hannah et Sophie : elle m'a plantée là pour courir vers elles sans même s'excuser. J'étais très amie avec Hannah, avant, mais depuis quelque temps Imogen se comporte comme si celle-ci lui appartenait et ne laisse personne l'approcher. Quand je suis passée devant elles dans le couloir, Imogen a baissé la voix et j'ai su qu'elle était en train de parler de moi et de ma maman à brindilles. Heureusement, Emily était devant la classe, alors je suis allée lui parler. J'aimerais être davantage comme Marguerite, avec des tas d'amies. Mais quand j'ai envie d'aller parler aux autres filles, je me sens très intimidée et j'ai peur qu'elles se moquent de moi. C'est plus simple de rester avec Emily.

— Ça ne va pas ? m'a-t-elle demandé en voyant ma tête.

— C'est Imogen. Elle a encore été méchante avec moi.

— Qu'est-ce qu'elle t'a dit ?

Justement, c'est difficile d'expliquer au juste ce qu'il y a de méchant dans ce qu'elle me dit. Je vois bien qu'elle se paie ma tête, et cela me blesse, m'attriste. Mais pour les autres, elle a l'air de faire simplement la conversation. Quand je répète ses paroles à Papa, il me répond toujours :

— Ça ne m'a pas l'air si terrible. Elle a peut-être simplement du mal à s'exprimer.

Maman comprend, elle. Elle sait comment peuvent être les filles. Mais j'essaie de ne pas trop lui en parler parce que je sais que ça l'attriste.

— Qu'est-ce que je peux faire? ai-je demandé à Emily. Si Imogen me poussait, ou me mettait du chewing-gum dans les cheveux, je pourrais le montrer à Mme Fuller et elle serait punie, mais elle ne fait jamais rien de visible.

— Et si tu lui faisais le coup de l'ironie?

Je lui avais expliqué ce que c'était, et nous étions tombées d'accord pour l'essayer la prochaine fois qu'Imogen ferait des siennes. Je tenais enfin ma chance.

Quand Mme Fuller a ouvert la porte, nous avons attendu que la bande d'Imogen passe devant nous pour entrer, et là Imogen m'a envoyé un regard en coin avec un nouveau sourire moqueur. *C'est le moment d'être ironique*, ai-je pensé.

— Vraiment, j'ADORE tes bracelets Rainbow Loom, Imogen!

— Merci, a-t-elle lâché en continuant d'avancer.

Emily et moi l'avons regardée entrer en classe.

— Eh ben, ça n'a pas marché, a constaté Emily.

* * *

À part mes ennuis avec Imogen, j'ai passé une bonne journée à l'école. La maîtresse de Marguerite, Mme Jervis, avait monté un club de ukulélé et nous y sommes allés nombreux à l'heure du déjeuner pour apprendre à jouer «Mon chien se gratte». Tobias a cassé trois cordes de son ukulélé, si bien que Mme Jervis lui a donné un tambourin, mais il a réussi à arracher une des pièces métalliques et à l'avaler. Ça nous a bien fait rire. Tobias peut être un peu énervant, mais chacun sait qu'il a besoin d'aide et nous prenons tous soin de lui.

Après le déjeuner, nous avions anglais, ce que j'attendais avec impatience parce que Mme Fuller nous avait déjà prévenus qu'elle nous parlerait de notre projet d'écriture personnelle, à rendre à la fin du trimestre. Elle nous a distribué des feuilles avec le sujet : «Ma maison».

Elle nous a expliqué que nous devions mettre à profit nos talents d'observation chez nous et écrire un ou deux paragraphes sur chacune des pièces de notre maison. Nous devions décrire la pièce, puis dire ce qui s'y passait habituellement.

— Quoi, du genre «Ça, c'est la cuisine où Maman fait des frites au four»? a demandé Daniel sans lever la main.

— J'espérais quelque chose d'un peu plus détaillé, mais en gros, c'est ça, oui, a répondu Mme Fuller.

J'étais un peu déçue. Je me réjouissais à l'avance d'avoir un travail de rédaction à faire parce que j'adore écrire. Mais je pensais que ce serait de la fiction. Je n'étais pas sûre d'être capable d'écrire des choses sur ma maison. Qu'en dire, à part que c'était le bazar et qu'on ne pouvait pas ouvrir la Porte d'Entrée ?

— Ça va me prendre un temps fou, avec toutes les pièces qu'il y a chez moi ! a dit Imogen juste assez fort pour que je l'entende.

— Tu avais une question, Imogen ? a demandé la maîtresse.

— Oh oui, mademoiselle, a-t-elle minaudé de sa voix la plus angélique. Si on a deux maisons ? Nous avons un petit cabanon de vacances près de Bornemouth.

— Votre résidence principale suffira, a répondu Mme Fuller en soupirant un peu.

En me retournant, j'ai vu qu'Imogen regardait tout droit vers moi avec un sourire supérieur. Quelle crâneuse, celle-là !

— Si vous décrivez une chambre, par exemple, parlez aussi un peu de la personne qui l'occupe, a continué Mme Fuller. Ou bien si votre père est toujours dans la resserre du jardin, racontez-nous ce qu'il fabrique là-dedans.

Dormir et écouter le match de foot, voilà ce que fait habituellement Papa dans la resserre, ai-je pensé. Pas palpitant. Il allait peut-être falloir que j'épice un peu tout ça.

— Décrivez ce que vous aimez dans chacune des pièces, et aussi ce que vous n'aimez pas. J'aimerais que vous appliquiez quelques-unes des techniques de narration sur lesquelles nous avons travaillé pendant le trimestre, alors faites attention à votre ponctuation, à votre grammaire, et essayez de mettre des bribes de conversations avec des tirets de dialogue. Juste des petits morceaux ici et là.

J'ai réfléchi. Dans l'ensemble, j'aime bien notre nouvelle maison, même si elle n'est plus très nouvelle. Mais il y a des choses que je n'aime pas. Je n'aime pas le rhododendron, ni le plancher qui grince à l'étage, ni les clous qui dépassent. Je n'aime pas la chambre d'amis, ni la chambre Megadeath. Le jardin est fantastique à explorer, mais parfois j'aimerais qu'il soit un peu mieux entretenu. Il m'arrive de repenser à notre petite maison de Londres, avec son jardin microscopique qui était une simple terrasse bien rangée avec une grande clématite fleurie. Les chambres étaient exiguës mais décorées comme il faut, et pleines de jolis tapis, de vieux meubles et de beaux cadres aux murs.

J'ai décidé de me mettre au travail le soir même. Il y avait peut-être moyen de rendre le projet intéressant.

Marguerite et moi rentrons habituellement à pied avec la maman d'Emily, Vicky, qui nous donne des biscuits, après quoi nous jouons jusqu'à l'arrivée de Maman et de William D. Parfois, nous filons tout de suite chez nous à ce moment-là, mais il arrive que Maman s'attarde un peu avec Vicky et elles boivent un verre de vin en parlant des autres mamans. Parfois, aussi, notre maman raconte à Vicky sa journée horrible au bureau. Elle n'aime vraiment pas son patron, qui s'appelle Declan.

— Franchement, Vicky, a dit Maman ce soir. Tu sais qu'il m'a suggéré de faire une formation de gestion du temps ? Il pense que si je suis débordée c'est parce que je ne sais pas m'organiser ! Alors que la vraie raison, c'est qu'il me fait faire tout *son* boulot en plus du mien !

La maman d'Emily est très douée pour écouter la mienne quand elle est énervée. Elle hoche la tête et fait « tut tut » au bon moment, et lui reverse un verre de vin. Papa n'est pas toujours aussi doué pour calmer Maman – il commet des erreurs, comme l'interrompre en pleine complainte pour lui raconter sa mauvaise journée à *lui*.

— Ah, oui, tu trouves ça dur? dit-il. Nous, on met le nouveau système en ligne dans trois semaines et je viens d'apprendre aujourd'hui qu'on me prive de la moitié de mon équipe.

Sur ce, il se verse un verre de vin sans remplir celui de Maman. Celle-ci ne dit rien. Elle se contente de regarder par la fenêtre d'un air pensif et de contempler l'herbe haute.

Maman s'appelle Polly, et elle était avocate à la City (le quartier des affaires), avant. Je me rappelle quand on vivait à Londres et qu'elle travaillait encore à la City, mais je ne me rappelle pas qu'elle ait été autant à la maison. Elle était juste... absente. Et très fatiguée quand elle était là. Parfois, elle partait pour l'Amérique ou pour Genève, en Suisse, et elle nous rapportait du Toblerone de Genève parce que c'est fabriqué là-bas – une fois Jacob m'a expliqué qu'elle ne le rapportait pas réellement de Genève, qu'elle l'achetait à la boutique de l'aéroport de Londres.

Après la naissance de William D, elle a repris le travail mais elle détestait ça et elle pleurait le dimanche soir pendant qu'on essayait de regarder *Danse avec les stars*. Un jour, elle en a eu assez et elle a dit à son patron qu'elle ne reviendrait pas le lendemain. Papa et elle ont vendu la maison et nous sommes venus ici. Jacob a fait la tête parce qu'il devait changer de lycée, mais Marguerite et moi, ça nous a rendues folles de joie, surtout quand on a vu le jardin. Maintenant, dans l'ensemble, Maman est bien plus heureuse, mais de temps en temps elle redevient triste, comme à Londres.

Parfois j'ai envie de crier contre Papa et de lui expliquer précisément tout ce qu'il fait mal. Le papa d'Emily ne vit plus avec sa maman, et il m'arrive de me demander comment ce serait si Papa nous quittait. Mais quand j'essaie d'y penser, je ne peux pas l'imaginer. Je crois que ce serait plus probablement Maman qui partirait. Parfois, j'ai peur que cela arrive, lorsqu'elle est tellement en colère qu'elle a l'air au bord de l'explosion. Ou quand elle a l'air si triste.

Ce jour-là, elle était plus fâchée que triste, et William D n'arrangeait rien. À l'école, il est sous un Nuage noir. Quand j'étais à la petite école, à Londres, nous avions chacun un petit bâton avec notre nom dessus. Il y avait une planche avec deux rangées de trous. Une rangée avec des soleils et l'autre avec des nuages. La maîtresse plantait notre bâton du côté nuageux quand on avait été vilains. J'étais habituellement du côté soleil, mais parfois du côté nuage, quand j'étais trop bavarde.

À l'école de William D, il y a trois rangées. Soleil, Nuage blanc et Nuage noir. Jacob dit que la rangée Nuage noir a été ajoutée quand William D est arrivé.

Maman a prétendu que ce n'était pas vrai, mais j'ai bien vu, à sa manière de le dire, qu'elle pensait que c'était *peut-être* vrai. En général, William D est dans les nuages blancs. Aujourd'hui, il a un nuage noir parce qu'il a mangé trois crayons de couleur en cire.

— Il n'y en avait qu'un noir, a-t-il dit, chez Vicky, quand on lui a demandé ce qui s'était passé. Il n'y en avait qu'un, et maintenant il est dans mon ventre.

Il n'avait pas l'air de regretter du tout. Il était plutôt fier de lui.

— Mais pourquoi tu l'as mangé, William D? a demandé Emily.

— Parce que William P voulait s'en servir contre moi, et que je ne voulais pas le lui donner.

— Mais une fois que tu l'as mangé, tu ne pouvais plus t'en servir non plus, lui a fait remarquer Marguerite.

— Je ne voulais pas m'en servir, a-t-il expliqué lentement, comme s'il s'adressait à un bébé. J'avais terminé.

— C'est très égoïste, ai-je dit. Je pense que Mme Duvall a eu raison de te mettre dans le nuage noir.

— T'es en caca! a-t-il rugi avant de partir en courant.

Il est TRÈS vilain!

En rentrant, je me suis attaquée à mon projet d'écriture. Écrire sur ma maison. Maman me laisse utiliser son ordinateur, bien qu'il soit très lent. Je suis restée pendant une éternité à contempler l'écran, en essayant de déterminer par quelle pièce j'allais commencer. J'ai finalement décidé de commencer par le haut. La chambre dans laquelle je dors.

Ma chambre

Notre maison a quatre niveaux, sans compter la partie pentue en haut qu'on appelle « les combles ». Il y a le rez-de-chaussée, où se trouvent le salon, la salle à manger (qui fait aussi salle de jeux), la cuisine et une petite salle de bains. Au premier, il y a la chambre de William D, la chambre de Papa et Maman, la chambre d'amis et la grande salle de bains. Au deuxième se trouvent la chambre de Jacob, celle de Marguerite et l'autre chambre qui est censée être la mienne. Mais qui n'est pas vraiment ma chambre, en fait.

Quand nous avons emménagé, Papa et Maman m'ont installée dans la chambre du grenier, « juste temporairement », le temps de décorer la plus grande chambre du deuxième étage. Ensuite, ils sont arrivés à court d'argent et n'ont pas eu les moyens de faire la déco. En plus, Papa aimait mieux lire dans une chaise longue au jardin qu'arracher du papier peint, si bien que la chambre n'a jamais été prête. Maman a fini par me demander si je voulais m'y installer quand même. Nous sommes retournées la voir. La porte avait à peine été ouverte depuis notre arrivée, et elle a gémi, comme si elle était fâchée qu'on la réveille. Le plancher a grincé sous nos pieds quand nous sommes entrées dans la chambre. Elle était froide et sonore.

Maman a dit que la pièce avait « une belle hauteur sous plafond » et qu'elle était « assez saine ». Elle aime regarder les émissions de télé sur des gens qui achètent des maisons et qui travaillent beaucoup dedans pour en changer l'aspect.

Papa, lui, ne comprend pas que l'on veuille changer les choses. Il dit que les gens devraient simplement se trouver une belle maison, s'y installer et la laisser tranquille.

Maman a suggéré que nous mettions mon lit à côté de la fenêtre, ou à côté du radiateur. C'est un de ces vieux radiateurs comme ceux qu'il y a à l'école, avec des gros tuyaux. Je pense qu'il a compris que nous le regardions parce qu'il a gargouillé d'un air pas content. Les radiateurs sont très bruyants dans cette maison. Marguerite dit qu'ils se parlent entre eux. Tout, dans la maison, fait du bruit. C'est une des choses qui me plaisent. Depuis mon lit, j'entends les plaintes de la charpente, le chuchotement du vent sous l'avant-toit, le grincement des marches de l'escalier quand des gens montent et descendent, sur différentes notes selon l'étage. Je devine de qui il s'agit rien qu'au son. Parfois, je me dis que tous les bruits de la maison forment un orchestre. Il arrive que les instruments jouent ensemble, en harmonie. Ou bien qu'ils forment une vraie cacophonie. Comme la famille.

Et donc, Maman m'a demandé si je voulais déplacer mes affaires dans la chambre.

Comme je craignais qu'elle se fâche si je disais non, j'ai juste fait « mmm ».

Nous nous sommes approchées de la fenêtre.

Il y avait une mouche morte sur le rebord.

J'ai vu le jardin, en bas, avec Papa endormi sur une chaise longue, entouré par les hautes herbes.

Je devais avoir l'air maussade, parce que Maman m'a demandé ce qui n'allait pas. Je ne me rappelle pas précisément la conversation, mais cela a donné quelque chose comme :

— Je n'ai pas vraiment envie de m'installer dans cette chambre.

— C'est à cause du moisi ?

— Non.

— On repeindra la fresque de Megadeath, a dit Maman.
L'agent immobilier qui nous avait vendu la maison nous avait expliqué que c'était l'ancienne chambre du fils du propriétaire. Megadeath, c'est le nom d'un groupe de heavy metal qu'il aimait. Maintenant, il est adulte et il vit à Croydon, alors la fresque de Megadeath devait être là depuis un bon bout de temps. Elle couvrait un mur entier et représentait un groupe de squelettes jouant de la musique sur un champ de bataille.
— Ce n'est pas que je n'aime pas cette pièce, Maman. Même avec la fresque de Megadeath.
— Alors qu'est-ce qu'il y a ?
— C'est juste que j'aime bien ma chambre.
— Mais c'est celle-ci, ta chambre, a dit Maman, perplexe.
— Non. Ma chambre, c'est celle d'en haut.
— Mais elle est toute petite.
— C'est douillet.
— Et il n'y a qu'une petite fenêtre.
— J'aime bien ce que je vois à travers.
— Et tu entends les chauves-souris.
— Je m'y fais.
Maman s'est baissée pour me regarder de tout près, une chose qu'elle fait quand elle pense qu'on ne dit

pas la vérité. J'entendais William D pousser des cris stridents dans le jardin.

— D'accord, a-t-elle finalement dit en souriant. Tu es une vraie petite patate, tu sais.

J'adore ma chambrette au grenier. Maman dit que c'était sans doute une chambre de bonne, à l'époque victorienne. Quand je me réveille la nuit et que je n'arrive pas à me rendormir, je m'assois parfois sur l'appui de la fenêtre pour regarder la rue plongée dans le noir. Il y a des lampadaires, mais ils sont à demi cachés par les arbres en été, ce qui fait qu'on dirait un décor de cinéma. Les arbres de l'autre côté de la rue fleurissent au printemps, ceux de ce côté-ci prennent toutes les nuances de rouge et de jaune en automne. Il y a toujours quelqu'un qui passe, avec un chien ou un caddie. Parfois, ce sont des gens que je connais, et quelques-uns, comme Mme Guptil, ou Justin et Gavin les-voisins-de-l'autre-côté, lèvent la tête et me font signe. C'est pour ça que j'aime tant ma chambre dans le grenier. Elle est petite et sombre et on y entend parfois les chauves-souris. Mais c'est chez moi, et de là je vois tout ce qui se passe dans notre rue, notre petit coin du monde.

Batman

Juste devant ma chambre, un petit escalier conduit aux combles. Personne chez nous ne connaît la différence entre un grenier et des combles, mais en tout cas on les appelle ainsi. Il y a des chauves-souris là-haut. Elles n'y étaient pas quand nous avons acheté la maison, mais Papa les a trouvées un jour où il était monté chercher un livre. Car nos combles sont pleins de livres, rangés dans des cartons. Il y a aussi beaucoup de tableaux encadrés et soigneusement emballés dans du papier, des verres et des assiettes, des tapis roulés, des lampes, des CD et des vieux sièges auto. Quand nous avons emménagé, Papa et Maman ont tout mis là-haut, « le temps de finir la déco ». Mais la décoration n'a jamais été terminée, si bien qu'il reste un bric-à-brac. Y compris une famille de chauves-souris.

Mon grand frère Jacob a cherché sur Google comment se débarrasser de chauves-souris dans un grenier, et il s'avère qu'elles sont protégées et qu'on ne peut pas les chasser. Maman a donc téléphoné à la mairie, qui a envoyé un «monsieur chauve-souris» – *bat man*, en anglais. William D a été ravi d'apprendre ça, et il l'a attendu toute la matinée près de la Porte d'Entrée dans son déguisement de Batman.

Il a été un peu déçu en voyant arriver le Vrai Bat Man. Surtout que, comme nous n'avons pas réussi à ouvrir la Porte d'Entrée, celui-ci a dû faire le tour en traversant le rhododendron mouillé, et il ressemblait plus à Aquaman quand il est entré, dégoulinant, dans la cuisine. Il avait une grosse bedaine et pas beaucoup de cheveux, mais comme l'a dit Papa plus tard :

— Qui sait à quoi ressemble Batman sans son costume ?

— Il ressemble à Christian Bale, a répondu Maman.

Le Vrai Bat Man est monté dans les combles et est redescendu un peu plus tard en nous annonçant que nous avions des rhinolophes fer à cheval. Nous les avons googlées : elles sont marron clair, avec de grandes oreilles et la figure écrasée. C'est vrai que leur nez ressemble un peu à un fer à cheval retourné. Papa les a trouvées affreuses, mais moi, j'ai pensé qu'elles étaient extraordinaires.

— Comment peut-on s'en débarrasser ? a demandé Maman.

— Vous ne pouvez pas. Elles sont protégées.

— Je ne veux pas leur faire de mal, mais on ne pourrait pas les déplacer ?

Bat Man a fait non de la tête.

— Elles sont en pleine période de reproduction en ce moment, elles ont des petits.

Marguerite et moi avons poussé un cri de joie. Des bébés chauves-souris ? C'était trop beau.

— Mais comment sont-elles entrées ? a gémi Maman.

— Vous avez un trou dans la toiture.

— Il va falloir qu'on le bouche.

— Vous ne pouvez pas. Les chauves-souris doivent pouvoir aller et venir pour nourrir leurs petits.

— Il faut qu'on accepte d'avoir un trou dans le toit, juste pour que les chauves-souris puissent entrer et sortir tranquillement ?

L'homme a hoché la tête d'un air désolé.

— Les bébés ont besoin de manger, Maman, a dit Marguerite, très raisonnable.

— Oui, a confirmé le Vrai Bat Man. Elles ne vous dérangeront pas, vous remarquerez à peine leur présence, à part les fientes. C'est sans doute une bonne idée de les nettoyer, d'ailleurs. Vu que vous avez des enfants, et que les déjections sont toxiques.

— De mieux en mieux, a dit Maman. Donc il faut que je monte nettoyer leurs crottes toxiques, mais en faisant attention à ne pas les déranger. Je pourrais leur faire un peu de cuisine, aussi ? Est-ce qu'elles aiment les gaufres ?

— Elles ne mangent que des insectes, a répondu l'homme.

Je ne crois pas qu'il ait compris que Maman était ironique.

— On pourrait peut-être leur installer une petite porte battante ? a-t-elle continué.

— Une chauve-souricière ? a suggéré Papa, ce qui nous a fait rire, Marguerite et moi.

— Ce n'est pas la peine, a déclaré l'homme sans sourire. Elles peuvent entrer et sortir par le trou, vous vous rappelez ?

Maman a soupiré.

— Il leur faut autre chose ? Des couvertures ? Du lait ? Le code Wifi ?

— Non. Il suffit de les laisser tranquilles. Une fois que les petits seront grands, elles s'en iront. Et à ce moment-là, vous pourrez boucher le trou.

— Youpi ! avons-nous lancé, Marguerite et moi.

Avant de partir, l'homme a bâillé et s'est étiré, ce qui a soulevé un peu son pull. William D a ouvert des yeux ronds en voyant qu'il portait une ceinture à outils, équipée d'une lampe torche, d'un canif, d'un téléphone, de crayons et, en plein milieu, d'une grosse boucle avec l'insigne de Batman.

L'homme a terminé son thé, fait un clin d'œil à William D, et il est sorti par la porte de derrière.

Une fête ?

Une autre chose qui m'embête avec Imogen, c'est que son anniversaire tombe juste quelques jours après le mien. L'an dernier, pour éviter un embouteillage, j'ai fait exprès d'organiser ma fête le dernier samedi avant la fin de l'école, car elle en prépare toujours une énorme pour le sien le premier samedi des vacances. Ça a plutôt bien marché. Nous sommes allés faire de l'escalade, puis manger des hamburgers. Mais cette année, je voulais donner une grande fête, chez nous, dans le jardin. Donc, il fallait que je la prévoie encore pour le dernier samedi avant les vacances, afin d'être sûre que tout le monde vienne.

Imogen a été cauchemardesque aujourd'hui à l'école. Le premier incident s'est produit quand Emily et moi sommes allées chercher nos casse-croûte dans les vestiaires. Elle avait du mal à respirer tellement elle était impatiente d'aller voir le dernier *Dark Blade* au cinéma ce soir. Emily est autorisée à regarder des tas de films que Maman m'interdit. Imogen nous a entendues, a dit qu'elle l'avait déjà vu, et a eu son sourire narquois quand j'ai avoué que moi je n'avais pas le droit. Je n'ai même pas vu les trois derniers Harry Potter parce que Maman juge qu'ils font trop peur. Et ça m'énerve d'autant plus que William D a pu voir l'épisode 6 chez son copain William P.

Enfin bref, Emily est allée faire pipi en laissant sa boîte à déjeuner sur le banc. Imogen est entrée avec Hannah et Sophie, et elle a pris le yaourt aux myrtilles d'Emily qui était posé dessus.

— Repose ça, lui ai-je dit. Ce n'est pas à toi.

— Je regarde, c'est tout.

Sur ces mots, elle l'a lancé à Hannah, qui l'a lancé à Sophie, qui l'a renvoyé à Imogen. J'ai essayé de l'attraper au vol, mais il a rebondi sur mes doigts et atterri DANS UNE CUVETTE DE W-C. Imogen et les autres ont hurlé de rire et sont parties en courant au moment où Emily ressortait de sa cabine. Plus tard, j'ai entendu qu'Imogen racontait que c'était moi la coupable, puisque le yaourt avait touché mes doigts en dernier. La rumeur est arrivée aux oreilles d'Emily, qui m'a d'abord fait la tête avant que je lui explique l'affaire sur le chemin de la maison. Après déjeuner, en géographie, Imogen n'a pas arrêté de parler de sa fête d'anniversaire, à laquelle je ne suis pas conviée. Elle a invité presque toute la classe, mais pas Emily ni moi. Chaque fois qu'elle nous voit, elle se met à en parler très fort.

— Il y aura des musiciens, dit-elle. Et un magicien, et on va faire griller un cochon entier, et il y aura aussi des menus spéciaux pour les végétariens, et les végétaliens, et les gens allergiques aux arachides. Et les allergiques au gluten.

De toute manière, je n'ai pas vraiment envie d'y aller. Je serais très malheureuse avec Imogen commandant à tout le monde et faisant des commentaires sur la fortune de sa famille et ses prochaines vacances à La Barbade. Mais j'aimerais être invitée. Pourquoi est-ce qu'elle ne peut pas m'inviter? Comme ça, je déclinerais poliment et ce serait réglé. Je ne veux pas être amie avec elle, mais faut-il vraiment qu'on soit ennemies?

— C'est quand, au fait? lui a demandé Emily.

— Le dernier samedi avant la fin des cours.

Mon cœur s'est serré.

— Je comptais fêter mon anniv ce jour-là, ai-je dit. Je l'ai déjà dit à plein de gens.

J'ai senti la colère monter en moi. Je deviens toute blanche quand je suis en colère, exactement comme Maman.

— Tu as envoyé des cartons d'invitation? m'a-t-elle demandé avec son petit air moqueur.

Elle savait que la réponse était non.

Je suis sûre qu'elle a choisi cette date uniquement pour que sa fête tombe le même jour que la mienne. Quelqu'un a dû le lui dire. Elle sait qu'elle est plus populaire que moi et que c'est chez elle qu'on voudra aller. Si bien que je me retrouve avec le choix entre changer de date et prévoir un goûter en plus petit comité.

À moins que j'annule carrément. À quoi bon donner une fête si personne n'a envie de venir ?

ÉCOLE ÉLÉMENTAIRE ST ANDREWS

RAPPORT DE DÉJEUNER

JOUR : LUN MAR MER JEU VEN

Nom de l'enfant : William D

Classe : Chenilles

Aujourd'hui votre enfant :

- n'a presque rien mangé
- n'a rien mangé

Détails :

William D prétend être allergique aux haricots blancs. Pourriez-vous appeler le secrétariat pour confirmer ?

Signé :

Mme Gurney

Secrétaire de l'école

Bella

Aujourd'hui (vendredi), William D est rentré de l'école avec un Rapport de déjeuner.

Nous avons trouvé ça hilarant, mais Maman a dû faire semblant d'être fâchée.

— Il faut que tu manges, lui a-t-elle dit. Et tu n'es pas allergique aux haricots blancs.

— Pardon, Maman.

J'ai travaillé à mon projet d'écriture après le dîner. J'ai parlé du salon.

Le salon

Nous ne passons pas beaucoup de temps dans le salon. Il se trouve à l'avant de la maison, juste à gauche en entrant par la Porte d'Entrée (à condition qu'elle ait décidé de s'ouvrir ce jour-là). Il y a une grande fenêtre par laquelle on peut voir toute la rue, du moins on pourrait si le petit jardin de devant n'était pas une jungle. Il y a des canapés et des étagères où sont rangés les livres qui font bonne impression mais que personne ne lit. Ceux que nous lisons vraiment sont pleins de taches de jus de raisin et de gribouillis au feutre et au bic. Certains sont si vieux qu'ils ont été gribouillés par Papa et Maman quand ils étaient petits.

Maman ne veut pas mettre de télévision dans cette pièce parce qu'elle souhaite que cela reste un vrai salon de réception. Et comme il n'y a pas la télé, nous n'y allons pas beaucoup. Je pense que cela plaît à Maman que personne ne se serve de cette pièce, car cela en fait au moins une à peu près rangée dans la maison. En fait, les seuls moments où nous y allons, c'est quand les petites copines de Jacob viennent le chercher le vendredi soir. Marguerite, William D et moi sommes chargés de les accueillir et de prendre soin d'elles pendant qu'il se prépare. En général, il n'est pas prêt quand elles arrivent, et c'est donc à nous qu'il revient de les distraire (comme dit Papa) ou de leur faire passer un interrogatoire (comme dit Maman). Maman nous encourage à leur poser beaucoup de questions, car elle aime savoir avec quel genre de filles sort Jacob. Nous ADORONS que ses copines viennent le chercher. Quand nous entendons la sonnette, nous courons à grands cris jusqu'à la Porte d'Entrée et nous essayons de l'ouvrir. Mais c'est toujours mieux quand elle refuse de le faire, parce que cela oblige la fille à entrer par la fenêtre, ou parfois en traversant le rhododendron. C'est une expérience idéale pour briser la glace, et très révélatrice du caractère des gens. En général, la Porte d'Entrée joue le jeu. William D occupe la fille en lui parlant à travers la fente à courrier pendant que Marguerite court annoncer à Jacob : « TA COPINE EST LÀ ! » De mon côté, je vais ouvrir la fenêtre du salon et je persuade la fille d'entrer. Parfois, elle refuse de passer par la fenêtre ; dans ce cas, je fais le tour en vitesse, je la guide dans le rhododendron puis je l'aide à retirer les toiles d'araignée de ses cheveux.

On ne sait jamais à quoi s'attendre, avec les conquêtes de Jacob. Parfois, elles sont très nerveuses et posent des questions du genre : « Est-ce qu'il parle beaucoup de moi ? » D'autres fois, elles ont l'air vraiment fâchées (ce qui n'est pas très étonnant quand on vient de les aider à chasser des bébés araignées de leur pashmina). Elles demandent souvent pourquoi Jacob ne pouvait pas plutôt venir les chercher chez elles, mais je crois qu'il aime bien que cela se passe ainsi parce qu'il n'est pas très doué pour se rappeler où il doit aller, et que comme ça ce sont les filles qui pensent à tout pour lui.

Et aussi, parce qu'il sait que nous aimons faire connaissance avec ses copines et les noter en leur attribuant plus ou moins d'étoiles.
Jacob n'aime pas les conflits. Maman dit qu'il tient ça de son père. Elle, ça ne lui fait pas peur. Jacob est adorable, dans l'ensemble. Il nous garde parfois quand Papa et Maman sortent le soir, et il est très fort pour les macaronis au fromage. Mais il traverse une période « pas facile », comme dit Maman. Nous ne le voyons pas beaucoup, en fait, car il se lève tard pour aller au lycée et il dort beaucoup. Parfois, je l'oublie complètement, et puis soudain il déboule par surprise en bas, Maman manque de faire une crise cardiaque, et il plonge par la fenêtre parce qu'il est en retard quelque part. Il travaille dans un garage ouvert 24 heures sur 24, aussi, ce qui fait qu'il rentre à n'importe quelle heure. C'est pratiquement un animal nocturne, comme les chauves-souris.

J'étais en train de terminer ma description du salon (qui est devenue une description de Jacob plus que du salon) quand on a sonné à la porte. Il était environ 8 heures. William D aurait déjà dû être au lit, mais Papa et Maman le laissent veiller un peu plus tard le week-end, surtout quand une des petites amies de Jacob doit venir. Sinon, il sauterait partout dans sa chambre, surexcité, et dévalerait quand même l'escalier pour reluquer la pauvre fille en gloussant.

William D est toujours le premier arrivé à la Porte d'Entrée. Il est censé expliquer qu'elle est coincée et que quelqu'un va venir à la rescousse, mais il oublie et il dit des blagues à la place.

— Pas de panique, tête de caca ! a-t-il crié à travers la fente avant de hurler de rire.

J'ai sorti la tête par la fenêtre du salon ; comme elle est très large, on a une vue dégagée sur le perron. Il est possible de grimper sur le muret qui longe les marches et de là, passer sur l'appui de la fenêtre. Nous avons pris le coup, depuis le temps, mais Papa et Maman, qui sont grands et pas très souples, ont tendance à préférer le rhododendron.

— Bonjour, ai-je dit à la fille qui se trouvait là. Tu es Bella ?

— Oui. Bonjour.

Elle avait de longs cheveux châtains avec une frange. Elle portait une robe d'été couleur lilas, dont j'ai pensé qu'elle plairait à Marguerite.

— N'aie pas peur, ai-je dit d'une voix calme. La porte est coincée. Tu as le choix : tu peux passer par la fenêtre, ou faire le tour.

— Je pense que je vais faire le tour.

J'ai trouvé qu'elle n'avait pas l'air à l'aise.

— C'est comme tu veux. Mais pour faire le tour il faut traverser un rhododendron, et comme il a plu, tu risques de mouiller ta jolie robe.

J'essaie toujours de les inciter à passer par la fenêtre.

— Ah. D'accord.

Il m'a fallu beaucoup de persuasion pour qu'elle monte sur le muret et fasse un grand pas pour rejoindre l'appui de la fenêtre. Elle n'arrêtait pas de dire « ouh ! ouh ! » d'une voix aiguë.

— Jacob est vraiment là ? m'a-t-elle demandé à mi-chemin, une jambe en l'air.

— Il se prépare en haut. Il met toujours des heures.

Bella a fini par entrer, moyennant moult encouragements de ma part. Elle s'est assise dans le fauteuil en regardant autour d'elle avec de grands yeux effrayés. Elle était assez jolie, mais n'avait pas l'air d'avoir beaucoup de caractère.

Marguerite a chuchoté à l'oreille de William D.

— Tu veux quelque chose à boire ? a-t-il demandé à Bella.

— Non merci, a-t-elle décliné, encore essoufflée.

— Tu es en cavale ?

— Tais-toi, William D, ai-je dit. Ne fais pas attention à lui, Bella. Tu es au lycée avec Jacob?

— Oui. Est-ce qu'il... euh... parle de moi?

Marguerite et moi avons répondu en même temps:

— Tout le temps.

— Non.

— À moi, oui, me suis-je empressée de préciser, même si c'était un peu un mensonge.

Jacob avait simplement dit dans la journée qu'elle allait passer, et mentionné son prénom, mais il avait dû vérifier sur son téléphone parce qu'il ne se rappelait plus si c'était Bella ou une certaine Charlie qui venait ce soir. Maman avait secoué la tête en disant qu'il n'était pas très respectueux envers la gent féminine. Il avait répliqué que ce n'était pas sa faute si les filles lui demandaient en permanence de sortir avec lui.

— Tu pourrais leur dire non, avait fait remarquer Maman.

— J'ai horreur des drames, lui avait-il rappelé.

— Mais ensuite elles sortent avec toi, et elles t'envoient des textos le lendemain. Et tu dois faire semblant de ne pas les avoir reçus ou d'avoir perdu ton téléphone, et ça devient encore plus compliqué.

— Le moment que j'essaie d'éviter, c'est celui où elles sont en face de moi et où elles me demandent si elles me plaisent et où il faut répondre que non. Je déteste ça. C'est parce que je les respecte que je ne veux pas leur imposer ça.

— Si tu les respectais justement, tu le leur dirais en face.

Enfin bref, j'étais donc là avec Bella, à m'efforcer de lui faire la conversation pendant qu'elle attendait Jacob, mais nous avons été interrompues par La Limace, qui est entré par la fenêtre avec une grosse limace orange dans la gueule. Bella a poussé des grands cris et en a fait toute une histoire. Papa a dû venir gérer la crise, c'est-à-dire ramasser La Limace et le porter à l'arrière de la maison en se retenant de vomir.

Enfin, Jacob est arrivé dans un nuage de son deuxième after-shave préféré. Il a aidé Bella à ressortir par la fenêtre et les voilà partis dans York Road, Bella encore secouée par l'incident de la limace.

J'ai regardé les deux autres.

— Ce sera non pour moi, je le crains, a déclaré William D.

Il regarde trop *Nouvelle Star.*

Marguerite a haussé les épaules.

— J'ai bien aimé sa robe.

— Mais la fille dans la robe ?

Nouveau haussement d'épaules.

— Bof.

— Trop chochotte.

— Chochotte comme une carotte, a confirmé Marguerite.

Chochotte, ce n'est pas le genre de la maison.

Deuxième partie

Notre rue

Nous vivons dans York Road, à un petit quart d'heure à pied de l'école. C'est une rue très sympathique, où nous connaissons un tas de gens. Le mercredi matin, très tôt, les éboueurs passent dans leur gros camion brinquebalant, plein de lumières clignotantes. Parfois, je me réveille et j'écoute les hommes s'interpeller avec leurs voix graves, parlant de foot l'hiver ou de cricket l'été. Il y a des voitures garées tout le long de la rue. Maman s'énerve de temps en temps parce qu'elle ne trouve pas de place devant la maison.

— C'est ridicule, a-t-elle décrété un jour l'été dernier. Pourquoi est-ce que chacun ne se gare pas devant chez soi ?

— Il suffit d'une personne pour semer la zizanie, a fait remarquer Papa. Si M. Smith se gare devant chez M. Jones, M. Jones doit aller se garer devant chez M. Brown, M. Brown doit se garer devant chez M. euh... Pink, et M. Pink...

— Oui, oui, j'ai compris, merci, l'a coupé Maman. Et je vais arranger ça.

Elle peut être très énergique, quand elle veut. Papa s'est contenté de secouer la tête.

Maman, avec l'aide de Vicky Bellamy, la mère d'Emily, a glissé des affichettes dans les boîtes aux lettres, et Marguerite et moi avons scotché des affiches sur les lampadaires de la rue.

SAMEDI 15 JUIN,
journée RÉORGANISATION DU STATIONNEMENT
dans York Road.
Merci de vous tenir prêts à déplacer votre voiture
DEVANT CHEZ VOUS.

10 h 00 précises.
Des rafraîchissements seront fournis.

Pour tous renseignements:
polly_deal@gmail.com (n° 26)
vicky.fantaisie@hotmail.com (n° 17)

Maman a reçu des tas de réponses, et chacun trouvait que c'était une idée géniale.

— Tu vois, monsieur Cynique ! a dit Maman à Papa en lui donnant un petit coup de poing dans le bras. Il suffit de s'organiser un peu. Tout le monde veut être un bon voisin.

Le jour dit, l'ambiance était à la fête. Mme Simpson avait fait des brownies et les distribuait à la ronde.

— Je pense qu'on devrait attendre que tout le monde ait bougé sa voiture avant de sortir les rafraîchissements, pour que les gens restent motivés, a commenté Maman.

Mais Mme Simpson ne l'a pas écoutée.

— Où est M. Simpson ? lui a demandé notre voisin M. Coleman en prenant un brownie. Ça fait longtemps que je ne l'ai pas vu.

Nous avons alors aperçu Vicky Bellamy de l'autre côté de la rue, les bras chargés.

— Vicky ? l'a hélée Maman. Qu'est-ce que tu fabriques ? On n'a pas besoin de guirlandes, bon sang.

Vicky adore les guirlandes. Papa dit qu'elle en a jusque dans ses toilettes. Elle essaie sans arrêt d'organiser des fêtes de rue. Justin le voisin-de-l'autre-côté nous a expliqué que la tradition avait commencé avec le mariage royal ; c'était avant que nous emménagions ici. Ensuite il y a eu une fête pour les jeux Olympiques, puis une pour la naissance du prince George. Elle a bien essayé d'en organiser une pour le référendum sur l'indépendance de l'Écosse, mais M. McDougall, du n° 6, s'est disputé avec M. Campbell du n° 58 pendant le barbecue du comité d'organisation, et tout a été annulé.

La réorganisation du stationnement n'a pas fonctionné, malheureusement. Principalement parce que William D a chipé les clés de notre voiture et les a fait tomber dans une bouche d'égout, ce qui nous a empêchés de la déplacer. Pendant qu'une partie du quartier s'activait à les repêcher, Vicky Bellamy a non seulement accroché ses guirlandes, mais elle a sorti des tables et les a installées au milieu de la rue avec l'aide de Mme Simpson, qui a apporté encore des brownies et un quatre-quarts alors que Maman leur disait d'attendre. Si bien que lorsque nous avons enfin récupéré les clés, plus personne ne pouvait déplacer sa voiture, à cause des tables.

De toute manière, ce n'était pas grave parce que tout le monde s'est bien amusé et a pu faire connaissance avec des tas d'habitants de la rue. Maman en a été un peu fâchée au début, mais finalement elle a juste pris une grosse part de quatre-quarts en haussant les épaules.

Les gens ont trouvé la journée très réussie, même si ce n'était pas pour les raisons prévues au départ.

Deux pintes de lait

Lundi, je me suis réveillée avant le lever du soleil et je suis restée dans mon lit à m'inquiéter au sujet de ma fête d'anniversaire. Je savais qu'il fallait que je me décide rapidement, sinon ce serait trop tard. Je n'arrivais pas à me rendormir, et finalement j'ai dû me lever pour aller faire pipi. Le plancher était froid sous mes pieds nus. Je suis retournée en courant dans mon lit douillet et je me suis pelotonnée sous mes couvertures en soupirant d'aise. Puis j'ai entendu comme un bruit de verre brisé. On n'était pas mercredi, donc ce n'était pas le camion-poubelle. Je suis allée regarder par la fenêtre, et j'ai vu une camionnette de laitier, ainsi qu'une dame en blouse blanche, sur le trottoir devant chez nous. C'était Cara, la laitière. Elle contemplait une grande tache blanche sur le trottoir, semblable à un nuage tombé du ciel. Sous mes yeux, elle a secoué la tête et s'est mise à genoux pour ramasser les morceaux de verre. Je ne sais pas bien ce qui m'a poussée à descendre l'aider.

C'est sans doute parce que, comme je casse beaucoup de choses, je sais que ça fait plaisir quand quelqu'un vous aide à ramasser. J'ai enfilé ma robe de chambre et mes chaussons, et j'ai vite descendu les trois étages. J'ai pris une pelle et une balayette sous l'escalier, grimpé par la fenêtre et sauté sur le perron.

En m'entendant, Cara a fait un bond et s'est vivement retournée, les mains serrées sur le cœur.

— Pardon, je ne voulais pas vous faire peur, ai-je dit. Je viens vous aider à ramasser.

— Ne t'excuse pas, a-t-elle répondu en souriant. J'oublie parfois que je ne suis pas seule au monde quand je fais ma tournée.

— J'ai entendu la bouteille se briser. J'ai apporté une pelle et une balayette.

— Merci. Je m'appelle Cara.

Elle a la peau sombre, et des grandes dents aussi blanches que son lait.

— Je sais. On s'est vues quand vous êtes venue rappeler à ma maman qu'elle n'avait pas payé la facture.

— Ah, oui ! Je m'en souviens.

Nous avons nettoyé ensemble le lait et les morceaux de verre, en bavardant à voix basse.

— C'est un métier solitaire, laitière ? me suis-je enquise.

Elle a fait oui de la tête.

— Ça peut l'être. Mais il y a des avantages.

— Le lait gratuit?

— Oui, déjà, a-t-elle dit en riant. Et puis la journée de travail se termine tôt, ce qui fait qu'il reste plein de temps pour autre chose.

— Racontez-moi encore comment c'est. S'il vous plaît.

— Tu ne devrais pas être au lit?

J'ai secoué la tête.

— Quand je suis réveillée, je suis réveillée.

— Je suppose que c'est ma faute, je t'ai réveillée en cassant la bouteille. (Elle a regardé au bout de la rue.) Écoute, je me suis mise en retard, avec tout ça. Désolée. Merci pour ton aide, mais il faut que j'y retourne.

J'ai dû avoir l'air très déçu, parce qu'elle a incliné la tête sur le côté.

— J'ai une idée, a-t-elle ajouté. Il faut que j'aille jusqu'au bout de York Road et que je revienne. Si tu veux, tu peux monter dans la camionnette et faire l'aller-retour avec moi. Comme ça, je te parlerai du métier.

— Oui, je veux bien!

York Road est une impasse. Au bout, elle est fermée par une rangée de plots, qui donnent sur un chemin menant au parc où nous allons parfois jouer. L'herbe est tondue, là-bas, ce qui fait que l'on peut courir sans se prendre les pieds dans les orties et l'herbe longue et mouillée. Bref, c'est ainsi que je me suis retrouvée à bord d'une camionnette de laitier à 4 h 36 du matin par un lundi humide. Cara a assuré l'essentiel de la conversation. Elle était très drôle, et elle m'a appris qu'elle distribuait le lait depuis longtemps.

— L'un des plus grands avantages du métier, c'est qu'il requiert des « compétences transférables ». On peut livrer du lait partout. Sauf en Chine.

— Pourquoi pas en Chine ? Ils n'ont pas de camionnettes de laitier, là-bas ?

— Pas de camionnettes et pas de lait. Ils sont intolérants au lactose.

Cara connaissait aussi beaucoup de gens dans York Road. Elle m'a dit que Mme Simpson en était à son troisième mari, et qu'on ne savait pas bien ce qu'étaient devenus les deux premiers, mais qu'il y avait *des soupçons*. Mme Simpson aime le lait entier. Puis Cara m'a révélé que le Papa-qui-Crie d'en face de chez nous avait un métier stressant dans la City, et que les Duke consommaient douze bouteilles de jus d'orange par semaine.

— Douze ! a-t-elle répété. Tu crois qu'ils prennent leur bain avec ?

Je l'ai aidée à déposer les bouteilles de lait et de jus d'orange et les yaourts devant les portes. Cara m'a dit que je l'aidais bien et elle ne s'est pas fâchée quand j'ai lâché une boîte d'œufs en trébuchant sur un chat.

— Comme on dit chez nous, ça ne sert à rien de pleurer sur le lait renversé. Ni sur les œufs cassés. Sais-tu que j'ai été laitière dans les Territoires du Nord de l'Australie ? J'ai fait tout le chemin depuis le Queensland, sur la côte est. La plus longue tournée de laitier du monde.

— Wouah !

Cara m'a redéposée chez moi juste avant 5 heures.

— Merci de ton aide, Chloé.

— Je pourrai recommencer un de ces jours ?

Elle a froncé les sourcils.

— Je ne pense pas que tes parents apprécieraient que je te fasse lever si tôt.

— Mais si je suis déjà réveillée et que je n'arrive pas à me rendormir ?

Elle s'est remise à rire.

— Je vais faire de mon mieux pour te laisser dormir, mais si jamais tu es déjà réveillée, un matin, et que tu m'entends, alors oui. Tu peux venir avec moi, mais je veux que tu le dises à tes parents. Promis ?

— Promis.

— Au revoir, Chloé.

— Au revoir, Cara.

Les chauves-souris

Samedi, j'ai été réveillée tôt par le Papa-qui-Crie, de l'autre côté de la rue. Ça ne m'a pas dérangée parce que j'aime bien le regarder se fâcher. Comme il ne faisait pas chaud, j'ai traîné ma couette jusqu'à l'appui de la fenêtre. Mon souffle a fait de la buée sur la vitre.

Je prends souvent un livre pour aller m'asseoir sur l'appui de la fenêtre. J'avais aussi monté quelques coussins du salon pour que ce soit plus confortable. Je ne lis pas beaucoup quand je suis assise là, parce que je regarde les gens. C'est un peu mon activité préférée. J'ai la vue sur trois maisons de l'autre côté de la rue. Celle des Mellor à gauche, celle des Bellamy, où vit Emily, à droite, et celle des Duke, juste en face. Pendant la journée, j'aime observer leurs allées et venues. Surtout celles des Duke, à cause du Papa-qui-Crie. Les Duke ont trois enfants, petits, et ils sont complètement fous : le garçon s'enfuit dès qu'il peut, encore plus que William D, et ses grandes sœurs se disputent, se battent et font des farces au Papa-qui-Crie pour l'énerver et le faire crier encore plus fort. La maman ne fait pas grand-chose, à part se mettre dans tous ses états quand ils tombent et leur donner des tonnes de bonbons, qu'ils aient été gentils ou vilains.

Le Papa, lui, crie TOUJOURS. C'est pourquoi on l'appelle le Papa-qui-Crie. Maman m'a dit qu'on l'appelait ainsi dans la ville. J'aime bien quand il se fâche tout rouge et que, même depuis l'autre côté de la rue, je vois des veines gonfler sur son front.

Clématite est entré et m'a adressé un miaulement avant de sauter près de moi pour voir ce que je regardais. Je lui ai grattouillé les oreilles en observant le Papa-qui-Crie essayer de charger sa voiture. Elle était bourrée à craquer, comme s'ils partaient en vacances. Le Papa-qui-Crie avait du mal à fermer le coffre et criait contre Mme Duke, qui était encore dans la maison, je pense.

— QU'EST-CE QUE C'EST QUE CE BAZAR ? ON NE PART QUE POUR UN WEEK-END !

Marguerite est entrée dans ma chambre, l'air endormi, et s'est glissée sous la couette avec moi. Elle aime autant que moi regarder le Papa-qui-Crie. L'odeur du bacon dans la poêle a gravi l'escalier et mon estomac a gargouillé.

En poussant très fort et en claquant le hayon, M. Duke a réussi à tout faire rentrer. Mais alors, sa femme est sortie de la maison avec un sac énorme.

— QU'EST-CE QUE C'EST QUE ÇA? a-t-il hurlé en pointant le doigt.

Sa voix est devenue haut perchée quand il a dit «ÇA», ce qui a fait rire Marguerite.

Mme Duke a répondu quelque chose que je n'ai pas entendu et le Papa-qui-Crie a craqué. Il s'est laissé tomber au sol et on aurait dit qu'il allait pleurer. Marguerite a ri de plus belle. Ensuite, il a dû faire monter ses enfants en voiture. Les deux filles ont obéi, mais le garçon avait disparu, et pendant que le Papa-qui-Crie le cherchait, les filles sont ressorties, ont ouvert le coffre et ont commencé à fouiller dans un sac. C'est un peu méchant de dire ça, mais je suis contente que Papa et Maman ne soient pas amis avec les Duke. Ils n'arrêtent pas de se disputer. Parfois, c'est mieux d'observer les choses de loin. Comme les gens qui tournent des documentaires animaliers.

Le Papa-qui-Crie est sorti de chez lui avec le petit garçon sous le bras et a réussi à fermer sa porte à clé, non sans difficulté. Mme Duke, qui était déjà dans la voiture, lui a crié quelque chose par la fenêtre.

— JE SAIS! a-t-il répondu. QU'EST-CE QUE JE SUIS EN TRAIN DE FAIRE, À TON AVIS?

Puis il a vu ce que faisaient ses filles dans le coffre. Ça a été la goutte qui a fait déborder le vase. Il a prononcé des mots que je ne suis pas autorisée à écrire et dont Marguerite ignore le sens. Ils ont fini par caser leurs affaires et toute la famille dans la voiture, et ils sont partis. J'ai entendu un dernier braillement avant qu'ils disparaissent :

— C'EST BIEN POUR ÇA QUE J'AI ACHETÉ UN GPS !

Après cela, le calme est revenu et j'allais dire à Marguerite qu'il était temps de descendre prendre le petit déjeuner quand j'ai entendu un couinement au-dessus de nous.

— C'est les chauves-souris ? m'a-t-elle demandé.

— Oui. Parfois, je les entends la nuit. Je pense que le papa et la maman chauves-souris vont chercher à manger. Quand ils reviennent, les petits bébés sont tout excités.

— Oh, trop mignooon !

— Je sais.

— Qu'est-ce qu'ils rapportent à manger ?

— Des insectes, je crois. Des papillons de nuit, des scarabées.

Marguerite a fait la grimace.

— Ça n'a pas l'air bon.

— Non.

— Et si on leur montait quelque chose de bon? a-t-elle proposé.

J'ai réfléchi.

— Je ne crois pas qu'on soit censées faire ça.

— Pourquoi?

Ça me plaît que Marguerite pense que je sais tout, et j'essaie de ne pas la décevoir en lui disant «je ne sais pas».

— J'ai comme l'impression que Maman ne serait pas contente.

— Elle t'a dit qu'on ne pouvait pas?

— Non, ai-je dû reconnaître.

— Si on leur donne à manger, et qu'elle s'en aperçoit, et qu'elle se fâche, on pourra juste dire qu'on ne savait pas qu'il ne fallait pas.

Ma sœur a l'esprit très logique, parfois.

— D'accord, ai-je admis, ravie. On fera ça juste après le petit dej.

William D est entré dans ma chambre à ce moment-là, juste à temps pour entendre Marguerite s'exclamer:

— On pourrait leur donner un sandwich au bacon, aux bébés chauves-souris!

— OUAIS! a-t-il crié en donnant des coups de poing en l'air. Du bat-bacon!

— Toi, tu ne viens pas, l'ai-je prévenu tout de suite.

Mais là, sa lèvre s'est mise à trembler.

— Maman ! a-t-il crié.

— D'accord, d'accord ! Tu peux venir, mais seulement si tu ne dis rien à Maman. Deal de Famille ?

— Deal de Famille.

Au petit déjeuner, Marguerite et moi avons enveloppé un sandwich au bacon entier pour le donner aux chauves-souris. Nous sommes sortis de table un par un pour ne pas éveiller les soupçons.

— Elles vont adorer, s'est réjouie Marguerite.

— C'est meilleur que des insectes beurk, l'a approuvée William D.

— Allons-y, ai-je fait d'une voix ferme.

Alors William D est parti en courant.

— Où tu vas ?

— Me changer ! a-t-il crié en se ruant dans l'escalier.

Cela m'a exaspérée.

— Tu n'as pas besoin de te changer ! Marguerite, qu'est-ce qui t'a pris de lui dire qu'on allait nourrir les chauves-souris ?

— Désolée. Tu sais quoi ? Je crois que je vais me changer, moi aussi.

— Pourquoi ?

— Je ne veux pas salir mon haut.

J'ai soupiré. Je nous sentais mal partis.

Je ne comprends pas pourquoi elle se soucie tellement de son apparence. Ce jour-là, elle portait un short en jean sur un legging blanc, un haut bleu marine à pois et sa barrette rose préférée. Elle s'était fait la raie sur le côté, avec une queue-de-cheval latérale. C'est vrai qu'elle était bien apprêtée, et jolie aussi, je suppose, mais tous ces efforts en valent-ils la peine ? Nous sommes très différentes, elle et moi.

Pour ma part, je portais mon caleçon noir tout détendu avec un trou au genou, et mon vieux tee-shirt bleu effiloché que Papa a eu dans un bureau où il travaillait à une époque. Les mots « Bri-Tech » sont inscrits dans le dos parce que c'est le nom de la boîte. Je l'aime bien parce qu'il est confortable et que je me fiche de le salir ou le déchirer. Maman essaie parfois de me pousser à bien m'habiller, elle me fait des sermons sur les vertus d'une bonne présentation et tout ça, mais je ne suis pas à l'aise en jupe et je déteste me brosser les cheveux.

Marguerite est revenue dans une tenue semblable à la précédente.

— Tu as remis un joli haut, lui ai-je fait remarquer.

— Quoi, ce vieux chiffon ? a-t-elle lâché, visiblement flattée.

J'ai encore soupiré.

— Tu es prête ?

— Prête comme une valise à roulettes.

Depuis que Marguerite et sa copine Tamsin ont appris les comparaisons en CE2, elles en font tout le temps, et je crois bien qu'elles les inventent au hasard. Ainsi, le matin, Marguerite peut très bien dire : « J'ai faim comme un camion. » Ou, le soir : « Je suis crevée comme un porte-chapeaux. »

William D avait revêtu son déguisement de Batman, évidemment.

Il portait un sac rempli de « trucs qui peuvent servir ». Il n'arrêtait pas de se cogner partout parce qu'il n'avait pas une bonne visibilité, derrière son masque.

L'escalier des combles est dissimulé derrière une petite porte qui oblige les adultes à se baisser pour passer. Nous sommes montés sans bruit, soucieux de ne pas déranger les chauves-souris, qui devaient dormir puisque ce sont des animaux nocturnes. Notre plan consistait à laisser le sandwich au bacon sur une assiette par terre en dessous des chauves-souris endormies, afin qu'elles trouvent un délicieux petit déjeuner à leur réveil.

J'avais voulu prendre un bol en plastique ou quelque chose comme ça, mais Maman était restée dans la cuisine toute la matinée, à chanter les chansons de *La Reine des neiges* en boucle, puis à s'énerver parce qu'elle ne pouvait plus se les enlever de la tête.

J'avais donc été obligée de prendre l'assiette avec les empreintes des petits pieds de William D bébé, qui se trouve dans le salon. Je la remettrais en place une fois que les chauves-souris auraient mangé leur sandwich, sans que personne ne s'aperçoive de rien.

Au début, le plan s'est déroulé à merveille. J'ai avancé en tâtonnant dans la pénombre. Les combles n'étaient éclairés que par l'ampoule nue de l'escalier. J'apercevais les minuscules chauves-souris blotties ensemble dans un coin. J'ai posé l'assiette par terre et commencé à reculer, en veillant à ne pas déranger les petites bêtes qui frémissaient et couinaient doucement. Le Vrai Bat Man nous avait dit que si jamais nous devions ABSOLUMENT monter dans les combles, il ne fallait pas les éclairer directement ni faire de bruit.

Et donc, qu'a fait William D ? Il a braqué sa lampe torche droit dessus et crié :

— Ici le commissaire Gordon, j'appelle Batman !

Aussitôt, les chauves-souris sont devenues dingues et les combles se sont emplis de petites ailes virevoltantes tandis que cent millions de formes noires filaient autour de nous.

J'ai senti le vent de leurs ailes.

J'ai essayé de ne pas crier.

J'ai essayé de retenir ma respiration.

J'ai essayé de ne pas bouger.

Mais là, William D a lâché sa lampe torche qui s'est éteinte, nous plongeant dans le noir. Il a poussé un hurlement à vous glacer le sang et a couru vers la porte. Je ne me contrôlais plus : j'ai paniqué et je l'ai suivi. Pendant que je courais, UNE CHAUVE-SOURIS M'A TOUCHÉ LA JOUE !

Je ne les trouvais plus si mignonnes que ça, je peux vous le dire. William D hurlait, Marguerite hurlait, je hurlais. Les chauves-souris hurlaient aussi, sans doute, mais d'une voix si aiguë qu'on ne les entendait pas. Nous avons dégringolé l'escalier et atterri en tas sur le palier, tremblants de frayeur. J'avais de la fiente de chauve-souris toxique sur mon chausson. Marguerite était blanche comme un linge. William D a filé dans sa chambre se cacher sous son lit. Maman est arrivée en courant, croyant que nous étions en train d'être assassinés.

Quand elle a compris ce que nous avions fait, je crois bien qu'elle-même a eu des idées de meurtre. Surtout quand elle a découvert que l'assiette de William D s'était brisée en mille morceaux. J'avais dû marcher dessus, dans la confusion générale.

Nous avons décidé à l'unanimité qu'il valait mieux laisser Maman tranquille pour le restant de la matinée, et je suis donc montée dans ma chambre travailler sur mon projet d'écriture. J'ai écrit plein de choses sur la chambre de William D. Au départ je n'avais pas l'intention d'en dire autant, mais il y a beaucoup d'histoires à raconter, surtout quand il s'agit de William D.

La chambre de William D

La chambre de William D se trouve au premier étage. À côté de celle de Papa et Maman.
En regardant les jouets et les posters qu'il y a dans sa chambre, on comprend vite qu'il aime beaucoup Batman, Superman, Spiderman, Aquaman et Mon Petit Poney. Maman dit qu'avoir deux grandes sœurs a une bonne influence sur lui. Il n'y a pas grand-chose de plus à dire sur sa chambre, si ce n'est qu'elle est toujours en bazar, sauf pendant cinq minutes chaque jour, quand Maman vient de la ranger avant que William D se remette à jeter ses jouets partout.
Mais en fait, le plus intéressant dans la chambre de William D, c'est William D.
Il y a quatre William dans la classe des Chenilles, à la petite école. William P, William H, Petit William et William D. On appelle notre William, William D. Sinon, comment savoir de quel William on parle? Les maîtresses l'appellent William D, les autres mamans l'appellent William D, Gabi qui apprend à nager aux petits, au centre de loisirs, l'appelle William D.

Tout le monde l'appelle aussi William D au supermarché. Il est bien connu là-bas. Depuis que nous avons déménagé à Weyford nous allons à ce supermarché deux ou trois fois par semaine et chaque fois qu'il y entre, William D échappe à Maman et file appuyer sur un gros bouton rouge, à côté du service Client. Chaque fois. Ce bouton déclenche une alarme assourdissante et fait clignoter l'éclairage jusqu'à ce que quelqu'un vienne le désactiver.

— Vraiment, je ne comprends pas pourquoi ils ont placé cette alarme à portée de main d'un enfant de six ans, dit Maman d'un air réprobateur. Et pourquoi l'avoir faite rouge? Évidemment qu'il veut appuyer dessus.

Elle n'est pas la seule à avoir l'air réprobateur. Maman reçoit des regards courroucés. Comment se fait-il que les adultes ne remarquent pas les regards courroucés des autres adultes? Ou alors, c'est juste Maman. Le gérant du supermarché est toujours très gentil, mais je vois bien qu'il se demande pourquoi elle n'empêche pas son fils de déclencher l'alarme CHAQUE FOIS qu'il entre dans le magasin.

Enfin bref, les gens le connaissent sous le nom de William D. Je suppose que c'est accrocheur, car nous-mêmes avons pris l'habitude de l'appeler ainsi.

ÉCOLE ÉLÉMENTAIRE ST ANDREWS

RAPPORT D'INCIDENT/ACCIDENT

JOUR : LUN (entouré) MAR MER JEU VEN

Nom de l'enfant : William D
Classe : Chenilles

Détails de l'incident/accident :
William D a reçu un coup d'instrument de musique sur la tête. Il n'est pas blessé.

Signé :
Mme Gurney
Secrétaire de l'école

Un supplément de William D

J'avais écrit certaines choses dans mon rapport sur William D, mais j'ai décidé que je ne pouvais pas les faire lire à Mme Fuller, même s'il y avait de très bons dialogues. Comme cela prend un temps fou de mettre tous les tirets et les guillemets, j'étais bien embêtée, et je n'avais pas envie de tout recommencer. J'ai donc coupé ces passages et j'ai collé ceux qui restaient sur une feuille blanche.

Je pense quand même que j'ai eu raison d'enlever ceci :

William D parle beaucoup de crotte, et ce n'est certainement pas de moi qu'il tient cela. Quand Maman essayait de lui apprendre à utiliser le pot, elle lui a dit un jour qu'une de ses crottes ressemblait à un dinosaure. Du coup, nous avons fini par les noter en disant à quel dinosaure elles ressemblaient. Pour l'encourager, vous voyez ? Une petite crotte pouvait être un raptor, une très longue,

un brontosaure, une pointue, un tricératops. Une fois, il a crié qu'il venait de faire un mammouth laineux.
— Ce n'est pas un dinosaure, ça, a dit Maman en allant voir. Les mammouths ont des poils.
— Ça aussi, a dit William D en pointant le doigt pour lui montrer le contenu du pot.
Maman s'est tue un instant.
— Qu'est-ce que tu as bien pu manger, William D? a-t-elle demandé.

Je pourrais encore écrire des tas de choses sur William D. Comme le fait qu'il rentre généralement de l'école avec un mot rapportant des choses qui se sont passées dans la journée. Il y a deux catégories de mots : les Rapports de déjeuner et les Rapports d'incident/accident.

Hier, il est à nouveau arrivé avec un Rapport d'accident.

Maman l'a questionné sur le chemin du retour, et il a dit :

— Par accident, je n'ai pas attendu mon tour pour jouer de l'instrument.

— Comment ça, par accident ?

— Eh ben, j'ai dit que j'attendrais que Sophie ait fini, et puis j'ai attendu un peu, et puis j'ai arrêté d'attendre. Par accident.

— Tu as essayé de le lui arracher ?

— Oui.

— On ne prend pas les choses des mains des gens, William D, a affirmé Maman. C'était quel genre d'instrument ?

— Le genre pointu, a expliqué William D en se frottant l'oreille.

— J'espère que ça t'a servi de leçon.

— Pardon, Maman, a dit William D.

Il est très doué pour s'excuser. Maman dit que c'est parce qu'il a beaucoup d'entraînement.

Le BOUMball

Le premier été que nous avons passé ici, Marguerite et moi avons eu un Swingball pour jouer dans le jardin. Au début, on y a joué comme des folles, mais la rentrée est arrivée, le beau temps a cessé et nous avons arrêté. Et puis, un dimanche de l'automne dernier où il faisait une chaleur à crever, nous avons eu envie de le ressortir. Mais impossible d'y jouer parce que les raquettes étaient perdues dans les hautes herbes et que la ficelle qui rattachait la balle au piquet avait été mouillée et s'était cassée. Alors Papa nous a emmenés au Brico Mégastore acheter de la ficelle, vu qu'il y allait de toute manière, car il va toujours au Brico Mégastore le week-end. Nous avons repris des échantillons de peinture et William D a eu un DVD de Spiderman, qu'il avait déjà, je crois ; ce n'est pas grave parce que ça ne le dérange pas de revoir le même film des dizaines de fois. Et Papa a ajouté une pelote de ficelle : en arrivant à la maison nous nous sommes aperçus que c'était de la ficelle élastique.

— Pas grave, a dit Papa, on va essayer avec.

Il a donc attaché l'élastique à la balle et au piquet, puis nous nous sommes rappelé que nous n'avions plus les raquettes, mais William D a couru dans la salle de jeux et est revenu avec la seule qu'il ait trouvée, qui était une de ces raquettes avec une peau tendue, comme un tambour, qui fait BOUM ! chaque fois qu'on frappe la balle.

— On ne peut rien faire avec une seule raquette, ai-je commenté, dubitative, mais Papa a clappé de la langue et m'a dit de faire preuve d'imagination.

Et c'est ainsi que le BOUMball est né. Une personne (le Jeteur) jette la balle en l'air et se baisse tandis que celui qui a la raquette (le Boumeur) tape de toutes ses forces dans la balle, en essayant de faire le plus gros BOUM ! possible. La balle part comme une fusée, jusqu'à ce que l'élastique se tende et la renvoie à toute vitesse vers les joueurs (les Éviteurs) et il faut éviter d'être touché. William D est souvent touché par la balle et il pleure à chaque fois, mais on ne peut pas l'empêcher de jouer car alors il pleure encore plus fort. La seule autre règle, c'est que si Maman arrive il faut siffloter et faire comme si on jouait normalement au Swingball. « Pourquoi William D a-t-il son casque de vélo sur la tête ? » demande-t-elle le cas échéant. « On va le projeter avec un canon », répond par exemple Papa, et tout le monde rit, même Maman, bien qu'elle ait parfois l'air de le croire capable de projeter William D avec un canon un jour, si on le laisse trop longtemps livré à lui-même.

Ce qui est chouette, avec le BOUMball, c'est que la balle est attachée au poteau. Il est très important d'attacher la balle, car chaque fois que William D voit une balle qui n'est attachée à rien, il la prend et part en courant. C'est plus fort que lui. Papa a dit un jour que c'est parce qu'il est né pendant la finale de la coupe du monde de rugby, que le besoin de ramasser des balles et de partir en courant avec s'est imprimé en lui. Et en plus, il est très rapide, et très fort. Il faut lui faire un plaquage pour l'arrêter. Puis il faut le tenir au sol pendant que les autres lui arrachent la balle des mains. Il se défend, je peux vous le dire. Si jamais il s'en sort victorieux, il cache la balle quelque part puis il oublie où. Parfois, nous trouvons des petits tas de balles et ballons de tailles variées sous un buisson.

Une fois, il a essayé de partir en courant avec la balle de BOUMball, mais l'élastique s'est tendu, la lui a arrachée des mains et la lui a renvoyée en pleine figure. Il semble avoir retenu la leçon.

Au fil des mois, nous avons amélioré les règles du BOUMball. Si Papa fait partie des Éviteurs, il n'a plus le droit de ramasser l'un d'entre nous pour s'en servir «comme bouclier». Si on réussit à frapper la balle une deuxième fois, on double ses points, et si on l'attrape, on gagne un point et on devient Boumeur. Bref, aujourd'hui nous sommes sortis jouer après le déjeuner. Mais Maman nous a surpris avant que nous soyons allés bien loin et nous a obligés à patrouiller contre les limaces.

La seule zone du jardin qui soit bien entretenue, c'est le «potager», à côté de la porte de la cuisine. Il était déjà là quand nous sommes arrivés et il est bien entretenu parce que c'est Maman qui s'en occupe. Elle y fait pousser des herbes: du persil, de la menthe, de l'estragon, du romarin et du basilic. Je connais leurs noms parce que Maman nous envoie souvent en couper, Marguerite ou moi, pendant qu'elle prépare le dîner. Elle cultive aussi des courgettes, des oignons, du maïs doux et des tomates. J'aime bien sortir cueillir des herbes, mais je déteste mon autre tâche dans le potager, qui consiste à le débarrasser des escargots et des limaces.

Aujourd'hui, je me suis agenouillée et j'ai regardé pendant des heures un petit escargot posé sur une feuille de tomate, qui mastiquait joyeusement. Elle (je dis «elle» car il m'a semblé que c'était un escargot fille) était toute gluante, sauf la coquille, qui était encroûtée de matière sombre. Elle laissait une petite traînée brillante, argentée, et j'ai décidé de l'appeler Sylvia. J'ai fini par prendre mon courage à deux mains, retenir mon souffle et saisir fermement la coquille. Marguerite faisait des bruits de nausée à côté de moi et William D, surexcité, poussait des cris aigus. Sylvia ne voulait pas se décoller de la plante et j'ai dû tirer assez fort. Mais elle a fini par venir et je l'ai laissée tomber dans le pot de fleurs que Maman m'avait donné. La suite a été un peu plus facile. J'ai attrapé six escargots et quatre limaces. L'une était orange, les autres noires. J'ai ramassé les limaces avec un bout de bois parce qu'elles étaient vraiment dégoûtantes.

Je les ai emportées dans la cuisine.

— Qu'est-ce que j'en fais, Maman?

— Ne les apporte pas ici! Tu les sors dans le jardin et tu les écrases sous ton pied.

Je l'ai dévisagée avec horreur.

— Tu veux que je les tue? Même Sylvia?

— Que veux-tu faire d'autre avec des escargots et des limaces?

— Les donner au chat? a suggéré Marguerite.

— On ne peut pas les jeter dans les buissons? ai-je demandé.

— Non, ils reviendraient. Vous pouvez les emmener dans le parc au bout de la rue si vous voulez. Ils ne reviendront pas de là-bas.

Il crachinait et je n'avais pas trop envie d'aller jusqu'au parc. C'est là que j'ai eu l'idée brillante de les jeter par-dessus le mur, dans le jardin de M. Coleman. Lui aussi fait pousser des légumes, alors Sylvia et ses amis décideraient peut-être que c'était plus simple de rester là-bas. Environ trente secondes plus tard, on a frappé à la Porte d'Entrée.

William D est arrivé le premier et a crié par la fente à courrier :

— La porte est coincée, allez-vous-en !

— Tu n'as même pas essayé, a dit Maman en tirant sur la Porte d'Entrée, qui a soudain décidé de s'ouvrir.

Je pense qu'elle sent quand ça va être amusant.

Un monsieur chauve se tenait sur le paillasson, un petit sac en plastique à la main. C'était M. Coleman. J'ai compris tout de suite ce qu'il y avait dans ce sac.

— Je pense que c'est à vous, a-t-il dit en le tendant à Maman.

Elle l'a pris et a regardé dedans.

— Je ne me rappelle pas avoir commandé des escargots. C'était peut-être mon mari ?

M. Coleman n'a pas ri. Au contraire, il était plus grognon que jamais.

— Ça vient de chez vous.

— Vraiment, je ne crois pas.

— C'est Sylvia ! a clamé William D en regardant dans le sac.

Marguerite l'a fusillé du regard.

— Ces bêtes ont été jetées par-dessus la clôture, s'est plaint M. Coleman. J'en ai reçu une sur la tête.

Nous avons tous regardé son crâne. Maintenant qu'il en parlait, en effet, il avait une petite tache brillante et poisseuse à l'endroit le plus chauve.

— Comme si ça ne suffisait pas que vos enfants poussent des cris de sauvages à toute heure et jouent à des jeux de balle extrêmement bruyants, il faut maintenant qu'on me jette des gastéropodes à la tête.

— Je suis navrée, s'est excusée Maman. Je pense connaître le responsable.

En le disant, elle a un peu fait les gros yeux, mais j'ai bien vu qu'elle n'était pas très en colère. Je crois même qu'elle se retenait de rire. « Je suis la seule qui ait le droit de dire du mal de mes enfants », affirme-t-elle parfois.

— Bon, merci de nous les avoir rendus, a-t-elle continué en commençant à refermer la Porte d'Entrée.

— Encore une chose, pendant que je suis là, a poursuivi M. Coleman.

— Oui ? a fait Maman avec patience.

— Allez-vous un jour vous occuper des mauvaises herbes de votre jardin ? Je passe des heures chaque semaine à arracher des pissenlits et des boutons-d'or, mais le moindre souffle de vent rapporte des milliers de graines en provenance de chez vous.

— Le jardin, c'est le domaine de mon mari, lui a-t-elle expliqué gravement. Mais je lui transmettrai votre message.

— Merci.

Et, tournant les talons, il a descendu le perron. Quand il a été parti, Maman nous a fait ses Gros Yeux et nous a tendu le sac de gastéropodes.

— Débarrassez-vous-en, a-t-elle dit. Et correctement, cette fois. Veillez à ce qu'ils ne reviennent pas.

Marguerite et moi les avons emportés au parc, où nous les avons tous relâchés. Tous, sauf Sylvia, à qui nous nous étions attachées. Je l'ai ramenée à la maison et mise dans un verre d'eau vide à côté de mon lit, pour la protéger le temps de trouver quoi faire d'elle. J'ai posé un sous-bock sur le verre pour l'empêcher de s'échapper, et j'ai mis quelques feuilles de tomate dedans pour qu'elle ait à manger.

— Pourquoi est-ce qu'elle est plus importante que les autres ? m'a demandé Marguerite en tapotant le verre.

— Une fois qu'on a donné un nom à quelque chose, on en est responsable, lui ai-je expliqué.

ÉCOLE ÉLÉMENTAIRE ST ANDREWS

RAPPORT D'INCIDENT/ACCIDENT

JOUR : LUN MAR MER JEU VEN

Nom de l'enfant : William D

Classe : Chenilles

Détails de l'incident/accident :

William D a été mordu par un animal de ferme. Il n'a pas saigné.

Signé :

Mme Gurney

Secrétaire de l'école

Les tchou-tchou

Aujourd'hui, c'était lundi, et j'ai montré des extraits de mon projet d'écriture à Mme Fuller, juste les passages qui parlent de ma chambre et de celle de William D. J'étais un peu inquiète. J'y avais mis beaucoup de moi-même, et je craignais qu'elle me dise que ce n'était pas ce qu'elle attendait.

— Ce n'est qu'un brouillon, ai-je bredouillé tandis qu'elle parcourait le passage sur ma chambre.

— Tu as dû y passer des heures, Chloé. Je trouve ça formidable, et j'ai hâte de lire le reste.

— J'aime bien écrire sur notre maison.

C'était vrai. Je n'étais pas convaincue au début parce que la maison est un peu déglinguée, mais plus j'écrivais, plus je voyais tout ce qu'elle avait de bien, et plus je comprenais que ce qui était moins bien n'était pas très important.

— Ce n'est pas seulement la maison, Chloé, a continué Mme Fuller. Relis ce que tu as écrit sur William D. Tu ne parles pas tellement de sa chambre, surtout de lui.

Elle a raison. Plus j'écris, plus je me rends compte que je ne peux pas décrire les pièces, le jardin et la rue sans évoquer ceux qui y vivent, et plus je vois à quel point ils sont importants. J'ai décidé de m'y remettre aussitôt rentrée. Je commençais à m'enthousiasmer pour le projet « Ma maison ».

Sur le chemin du retour, dans York Road, William D m'a tirée par la manche pour me dire tout bas :

— Le monsieur fait tchou-tchou.

J'ai regardé où il pointait le doigt et vu le Papa-qui-Crie sur le trottoir, devant chez lui. Il était là, tranquille, EN TRAIN DE FUMER UNE CIGARETTE ! William D ne sait pas ce que sont les cigarettes et appelle ça des « tchou-tchou ». J'ignorais que M. Duke fumait. Je ne connais personne qui fume, à part M. Campbell, au n° 58, qui jette ses mégots dans le jardin par sa fenêtre du premier étage.

M. Duke avait l'air très triste et en colère. Puis quelqu'un a dû l'appeler de la maison car il s'est retourné et a crié :

— UNE MINUTE, J'ARRIVE !

Le Papa-qui-Crie est tout le temps en train de crier. Mais il y avait quelque chose de changé dans sa façon de crier ce jour-là. Et son expression, lorsqu'il a pris une dernière bouffée de sa « tchou-tchou » avant de la laisser tomber dans le caniveau, m'a un peu inquiétée pour lui. J'espère qu'il va bien.

En rentrant, je suis montée droit dans ma chambre pour écrire : là, la catastrophe avait frappé.

Le verre était vide. Sylvia avait disparu.

J'ai essayé de suivre sa trace d'escargot, mais elle disparaissait assez vite. Sylvia était en liberté quelque part dans la maison.

— Qu'est-ce que tu as encore fabriqué aujourd'hui ? a demandé Maman en lisant le Rapport d'accident de William D. Je croyais que vous étiez allés visiter le château ?

— Oui, mais il y avait des bêtes dans le champ d'à côté.

— Quel genre de bêtes ?

— Avec des cornes.

— Quoi ? Des chèvres ? Des rennes ? Des okapis ?

— Je ne sais pas, a dit William D.

— Et pas un enseignant n'a été fichu d'identifier cet animal exotique ? Qu'est-ce qu'on leur apprend, de nos jours, à l'école normale ? Le problème de ces rapports, c'est qu'ils soulèvent plus de questions qu'ils n'en règlent.

L'heure du choix

Jeudi, je me suis réveillée en pleine panique. Je n'avais encore rien décidé à propos de ma fête, et cela commençait à m'inquiéter. J'ai demandé à Maman, au petit déjeuner, et elle a dit qu'on pourrait la faire à la maison mais qu'il fallait que je m'en occupe, sinon les gens ne seraient pas libres. J'en ai parlé à Emily pendant le déjeuner.

— Le problème, c'est que si je la fais le premier samedi des vacances, je parie que plein de gens ne pourront pas venir.

— Tu as demandé ?

— J'ai demandé à Hannah, et elle m'a dit qu'elle partait camper dès le début des vacances.

— Alors pourquoi pas le dimanche d'avant ?

— Un dimanche ?

Je n'y avais pas pensé. Ce serait le lendemain de la fête d'Imogen, ce qui n'était pas idéal car tout le monde ferait des comparaisons, mais cela valait la peine que j'y songe. Je me suis mordu la lèvre en ruminant l'idée.

Emily a levé les yeux au ciel avec impatience. Elle ne s'inquiète pas autant que moi, elle.

— Écoute, tu choisis un jour, tu dis à ta mère que c'est la date de ta fête et tu lui fais envoyer les invitations. Des tas de gens viendront.

Je n'en étais pas si sûre. S'ils ne venaient pas? Et en plus, j'avais peur qu'une fête à la maison tourne à la catastrophe. La Porte d'Entrée n'allait pas s'ouvrir, et il allait pleuvoir et le rhododendron allait tremper tout le monde, et le jardin serait une jungle, et les gens allaient se moquer de la fresque de Megadeath et du papier peint qui se décollait. J'ai résolu de discuter avec Maman ce soir-là afin de prendre ma décision finale.

Mais quand Maman est venue nous chercher chez Emily, elle était de très mauvais poil. Elle avait passé une sale journée au bureau. Son chef, Declan, l'avait encore embêtée.

— C'est lui le patron, et il prend plus de jours de congé maladie que tous les employés réunis, a-t-elle râlé quand nous sommes rentrés.

— M'en parle pas. Nick a pris sa matinée pour aller chez le dentiste.

Comme d'habitude, Papa ne la laissait pas gémir à sa guise.

— Mmm, a fait Maman avec humeur.

Ses lobes d'oreilles sont devenus blancs, un signe certain de colère chez elle.

— Il se fait encore poser une couronne. Bientôt, il en aura plus que la famille royale.

Maman n'a pas réagi.

— Tu as entendu ma blague ?

— Oui.

Ses joues étaient un peu rouges. Encore un signe.

Papa a travaillé à la maison aujourd'hui et je pense que Maman ne croit pas qu'il travaille vraiment dans ces cas-là. Elle se dit qu'il pourrait passer plus de temps à l'aider avec les accompagnements à l'école ou à ratiboiser le rhododendron.

Quand Maman raconte qu'il travaille à la maison, elle forme des petits guillemets avec ses doigts autour du mot « travaille ».

Je pense que c'est de l'ironie.

Je vois bien qu'elle n'en peut plus de nous tous.

Bref, je ne lui ai pas parlé de ma fête ce soir-là. Je ne voulais surtout pas lui demander si on pourrait arranger un peu le jardin, car elle en aurait encore plus voulu à Papa de ne pas assumer ses tâches.

ÉCOLE ÉLÉMENTAIRE ST ANDREWS

RAPPORT DE DÉJEUNER

JOUR : LUN MAR MER JEU VEN

Nom de l'enfant : William D

Classe : Chenilles

Aujourd'hui votre enfant :

- n'a presque rien mangé
- n'a rien mangé

Détails :

Il a vidé son assiette dans le cartable de William P. Merci d'appeler le secrétariat.

Signé :

Mme Gurney

Secrétaire de l'école

Deal de Famille

Je n'ai pas parlé de ma fête jeudi soir non plus. Maman nous a tous appelés dans la cuisine après l'heure du bain. C'était une réunion de famille, au complet, à part Jacob parce que personne ne savait où il était.

— Bon, écoutez-moi, a-t-elle dit. Je pense qu'il va falloir opérer quelques changements ici. Un Deal de Famille.

Un Deal de Famille, c'est quand nous promettons de faire quelque chose. « Deal » parce que nous sommes les Deal, et qu'un *deal* c'est aussi un marché, une promesse. Et « de Famille » parce que cela engage toute la famille.

Maman a continué.

— J'ai eu une journée très difficile, pour un certain nombre de raisons.

— Quoi, par exemple ? a demandé Marguerite.

— Eh bien, je suis arrivée en retard au travail à cause de la Porte d'Entrée. Quand je vous ai déposées à l'école, Ellen Downing a jugé utile de me faire remarquer que mon collant était filé et que mes chaussures avaient dû être «une bonne affaire». Elle n'a pas pris la peine de me prévenir que j'avais une chenille en train de faire son cocon sur mon cardigan. Mes collègues ont attendu le déjeuner pour m'en informer.

Maman comptait sur ses doigts. Elle en était à quatre, mais je me suis dit que ça ne faisait que trois.

— En outre, personne n'a fait la vaisselle ce matin. Personne n'a fait son lit, et personne n'a vidé la caisse des chats. Autant de tâches que vous avez acceptées en échange de votre argent de poche.

Nous avons gardé la tête baissée. Sans rien dire. Je culpabilisais de ne pas me charger de mes corvées. Je ne sais même pas pourquoi je ne les fais pas. Ça me sort simplement de la tête, et puis il se passe toujours autre chose dans la maison : une partie de BOUMball, des chauves-souris qui ont besoin d'être nourries.

— Et toi, William D, a continué Maman. Regarde ton tableau à étoiles.

Il a souvent des tableaux à étoiles, William D. C'est pour l'encourager à faire certaines choses, et le décourager d'en faire d'autres. Celui du moment est censé le décourager de rentrer de l'école avec des mots comme celui qu'il a reçu aujourd'hui, disant qu'il avait vidé son déjeuner dans le sac de William P.

— Mais si je tombe et que je me cogne la tête ? a-t-il demandé. Ou si Oscar me pousse dans les toilettes des filles et que je glisse encore ?

— Je ne parle pas des Rapports d'accidents. Je parle de ceux où tu ne manges pas ton déjeuner.

Donc, les jours où il ne rapporte pas de mot, il reçoit une étoile, à moins qu'il ait fait une grosse bêtise. Quand le tableau est plein, il reçoit un Pokémon. Marguerite et moi nous demandons si nous ne pourrions pas avoir aussi des tableaux à étoiles. Nous mangeons toujours notre déjeuner. Enfin bref, ce jour-là, le tableau de William D était vide.

— Il y a un trou noir dedans, qui aspire toutes les étoiles, a-t-il expliqué.

Mais la vérité, c'est qu'il n'en avait pas parce que chaque jour il faisait au moins une bêtise.

— Nous sommes un peu déçus, a dit Papa.

Maman lui a lancé un regard noir.

— Et toi, où en es-tu de *tes* tâches ?

Papa, surpris, a battu des paupières.

— Je travaille à la maison.

— Tu ne prends pas de pause déjeuner ? Tu n'as jamais le temps de t'occuper d'une ou deux petites choses ? Tu es responsable de l'extérieur, lui a-t-elle rappelé en désignant la fenêtre. Les poubelles n'ont pas été sorties cette semaine. Le portail branlant n'est toujours pas réparé, et tu n'as pas levé le petit doigt pour tondre la pelouse.

— Je ne trouve pas la tondeuse.

William D a agité le doigt dans sa direction en disant :

— Chacun doit faire sa part !

Ce qui nous a fait rire, Marguerite et moi, jusqu'à ce que Maman nous réduise au silence d'un seul regard.

— J'ai besoin d'une pause, a-t-elle annoncé.

— Écoute, a dit Papa. Si tu allais à Londres ce week-end ? Tu disais que tu voulais rendre visite à ta sœur. Tu pourrais dormir là-bas, te détendre. Et pendant que tu seras partie, on arrangera la maison.

Maman l'a regardé en plissant les yeux.

— Si je ne suis pas sur votre dos, rien n'est jamais fait.

— Quand j'étais petit, mon père m'a emmené à la piscine pour m'apprendre à nager, a raconté Papa. Mais je ne supportais pas l'idée de mettre la tête sous l'eau, et j'ai refusé d'entrer dans le bassin. Alors vous savez ce qu'il a fait ?

— Non, quoi ? a demandé Marguerite en ouvrant de grands yeux.

— Il m'a poussé dans le grand bain. C'était le seul moyen. J'étais bien obligé de nager, vous voyez ?

Nous sommes restés muets un instant, puis j'ai pris la parole.

— Il t'a jeté dans le grand bain ?

— Eh oui.

— Alors que tu ne savais pas nager ?

— Exactement.

— Papi Jim est vraiment méchant, a commenté Marguerite.

— Tu t'es noyé ? a demandé William D.

Plus tard, alors que nous regardions la télévision, Maman est arrivée.

— Bon, c'est décidé, a-t-elle déclaré. Je pars pour Londres samedi matin et je ne rentrerai pas avant dimanche à l'heure du goûter. Pendant mon absence, je veux que cette maison soit nettoyée de fond en comble, du haut en bas et des pieds à la tête. Et je veux que la pelouse soit tondue et le rhododendron ratiboisé. D'accord ?

— D'accord, a dit Papa.

— Oui, Maman, avons-nous ajouté, Marguerite et moi.

— Mission acceptée, Roger, a dit William D.

Nous avons bien essayé de lui expliquer que, dans les films, quand quelqu'un dit «*roger*», cela signifie «j'ai compris». Mais il croit que tout le monde parle à un certain Roger.

— Les filles, vous avez des tonnes de jouets avec lesquels vous ne jouez plus dans vos chambres. Je veux que vous les mettiez dans un grand sac-poubelle, et on les donnera à l'école pour qu'ils soient vendus à la kermesse.

Nous avons acquiescé.

— Oh, et John, je sais que ce n'est pas ta spécialité, vu que tu travailles dans l'informatique et tout ça, mais pourrais-tu, s'il te plaît, regarder l'ordinateur? Il est vraiment très lent.

— OK, a-t-il fait avec un rapide hochement de tête.

Papa devait savoir qu'il était vraiment dans le pétrin, car en temps normal il ferait n'importe quoi pour éviter de réparer l'ordinateur.

Charlie-du-Fish-and-Chips

Quand la sonnette a retenti le vendredi soir, nous savions tous ce que cela voulait dire. C'était l'heure du rendez-vous de Jacob avec une nouvelle fille, nommée Charlie. Nous étions au courant de sa venue parce que, pour une fois, Jacob montrait un certain enthousiasme, et il nous avait ordonné de bien nous tenir. Comme la Porte d'Entrée n'avait pas bougé depuis des lustres, je n'essayai même pas de l'ouvrir. William D, qui avait attendu l'événement toute la journée, est arrivé le premier et a ouvert la fente à courrier.

— Restez calme ! a-t-il crié.

— Attends, je vais lui parler, ai-je dit en le poussant doucement. Bonsoir, tu es Charlie ?

Marguerite a grimpé l'escalier dare-dare en hoquetant d'excitation.

— Euh... oui. Jacob est là ?

— Oui, mais il n'est pas prêt, tu veux entrer pour l'attendre ?

— Je veux bien… tu peux m'ouvrir ?

— Non, la porte est coincée.

— Ah.

— DU CALME ! a braillé William D.

— Chut ! Tu vois bien qu'elle est calme.

J'ai expliqué à Charlie les choix qu'elle avait pour entrer dans la maison.

— Alors ? Fenêtre ou rhododendron ?

— Ouh, on se croirait dans le *Livre dont vous êtes le héros*, a-t-elle dit.

Elle a eu le bon sens de passer par la fenêtre. Les filles qui font ce choix ont tendance à durer plus longtemps. Marguerite est arrivée en courant pour observer sa technique. Elle a réussi à entrer sans montrer sa culotte, ce qui n'est pas facile.

Puis, debout dans le salon, elle nous a souri. Nous lui avons souri aussi.

William D a embrassé la pièce d'un grand geste.

— Voilà ! a-t-il dit avant de s'incliner.

— Quelle jolie pièce ! s'est exclamée Charlie avec une révérence, ce qui nous a fait pouffer de rire.

Nous l'avons assise dans le fauteuil et William D lui a demandé si elle voulait boire quelque chose.

— Volontiers, juste un verre d'eau ?

— Ça arrive tout de suite.

Sur ces mots, William D est parti dans la cuisine. *Très bien élevée*, ai-je pensé en cochant mentalement le nom de Charlie.

Nous nous sommes assises sur le canapé en face d'elle et nous lui avons encore souri. Elle était assez jolie, avec de longs cheveux bruns. Elle portait une petite veste sur un haut orange vif, et une jupe. Je l'ai trouvée très maquillée, mais Marguerite avait l'air charmée. La tête de Charlie me disait quelque chose, il me semblait l'avoir déjà vue, pourtant j'étais certaine qu'elle n'était jamais sortie avec Jacob.

— Euh, il en a pour longtemps ? a-t-elle demandé après quelques minutes de sourires.

Je savais que j'allais devoir faire la conversation, car Marguerite a d'abord tendance à dévisager les conquêtes de Jacob la bouche ouverte.

— Sans doute, ai-je répondu. Il oublie parfois quand il a un rendez-vous.

— Ah, il sort avec beaucoup de filles ?

Elle souriait un peu.

— Oups ! ai-je dit tandis que Marguerite me donnait un coup de poing dans le bras. Pas beaucoup, non.

— Une ou deux par semaine, pas plus, a précisé Marguerite.

Charlie a haussé les sourcils.

— Et est-ce qu'il lui arrive de revoir plusieurs fois la même ?

— Oh oui.

— Bien, c'est bon à savoir.

— Attends, tu as dit : la MÊME fille ? s'est reprise Marguerite. Non. Parfois, il sort avec plusieurs en même temps. J'ai cru que c'était ça que tu voulais dire.

Maintenant, c'était moi qui lui tapais dans le bras. Et je l'ai fusillée du regard pour faire bonne mesure.

William D est revenu, sans verre d'eau mais avec Buzz l'Éclair. Il a sauté sur le canapé entre Marguerite et moi.

— Tu as un job ? ai-je demandé.

Marguerite a sorti son calepin et attendu la réponse.

— Je travaille à temps partiel au *fish and chips*.

(C'est un endroit où l'on vend du poisson pané avec des frites au vinaigre, une spécialité de chez nous.)

— Ah, c'est là que je t'ai vue ! ai-je lancé en me plaquant une main sur le front.

— Oh oui. Tout le monde m'a vue au *fish and chips*, avec mon tee-shirt jaune et ma toque en papier. Charlie-du-Fish-and-Chips, on m'appelle. J'ai beau essayer, je n'arrive pas à chasser l'odeur de vinaigre de mes cheveux. Mais je suis aussi au lycée.

— C'est là que tu as rencontré Jacob ?

— Non, en fait. Je l'ai rencontré à la pharmacie. J'étais en train d'acheter quelque chose pour essayer de masquer l'odeur de vinaigre. Lui, de la poudre désodorisante pour les pieds.

— Ah oui, il pue terriblement des pieds.

— Il m'a dit que c'était pour son père, a raconté Charlie en souriant de nouveau.

— Moins vite, moins vite, a râlé Marguerite.

Elle écrit très lentement. Je n'arrête pas de lui répéter que c'est trop long de dessiner des têtes d'animaux dans tous les «o» et des cœurs sur tous les «i».

— Et ça te plaît, le lycée? ai-je enchaîné.

Mais Charlie a été sauvée par le gong, ou plutôt par l'arrivée de Jacob. Je pense qu'il avait dû se rappeler qu'elle devait venir, car d'habitude il mettait bien plus longtemps que ça à se préparer. En plus, il portait sa chemise préférée, et je me suis demandé s'il s'était mis une double dose de poudre pour les pieds.

— Salut, a-t-il fait.

— Salut.

— T'es prête?

— Mais oui, a-t-elle dit en se levant.

— T'es toute belle.

— Merci.

— Elles ne t'ont pas trop embêtée? lui a-t-il demandé en nous montrant, nous qui étions en train d'observer leur conversation avec intérêt, bien qu'elle n'ait pas été palpitante jusque-là, je devais l'admettre.

— Pas du tout. Elles ont été très gentilles. Tu as une chouette famille.

— Faut croire, a lâché Jacob en nous regardant.

Puis il a fait un clin d'œil, s'est approché de la Porte d'Entrée et l'a ouverte d'un grand geste.

Charlie en est restée bouche bée.

— Je croyais qu'elle était coincée, m'a-t-elle dit.

— Jacob a des pouvoirs magiques.

— C'est ce qu'on verra, a-t-elle conclu en sortant.

— Un grand oui pour moi, a annoncé William D une fois qu'elle a été partie.

— Pour moi aussi, a dit Marguerite.

— Et j'ajoute le mien, ce qui fait trois.

Week-end perdu

Le lendemain matin, nous avons fait au revoir de la main à Maman en la regardant partir. Papa lui a même tenu le rhododendron pour qu'elle puisse le traverser avec sa valise. Je me suis sentie triste quand elle a démarré. J'avais l'impression absurde qu'elle ne reviendrait pas. Nous n'étions plus que nous quatre, parce que Jacob était rentré très tard et que Papa nous avait dit de le laisser dormir. Il faisait beau, et nous avons pris le petit déjeuner dehors sur la table en fer rouillé qui était déjà là à notre arrivée. Les tondeuses à gazon bourdonnaient dans toute la rue. Dans notre jardin, on entendait les abeilles et les criquets. Alors que je terminais mes céréales, une petite fourmi est sortie des herbes folles et m'a grimpé sur le pied. Ça chatouillait.

— Bien ! a fait Papa en tapant dans ses mains. C'est parti. Les filles, vous montez ranger vos chambres, moi je vais commencer par réparer l'ordi pour être débarrassé. William D, peux-tu ramasser tous les Lego qui traînent dans la salle de jeux, s'il te plaît ?

— D'ac ! a lancé William D avant de se ruer dans la maison.

Papa l'a regardé partir d'un air surpris.

— Cette histoire d'autorité, c'est plus facile que je ne croyais, a-t-il constaté.

J'ai voulu remporter des bols à la cuisine, mais j'en ai pris trop à la fois et j'en ai laissé tomber un, qui s'est cassé.

— Pardon.

— Ne t'en fais pas pour ça, laisse les bols, va, m'a dit Papa. Je débarrasserai quand j'aurai fini avec l'ordi.

Le problème, quand on trie de vieux jouets, c'est qu'en les voyant on a immédiatement envie de se remettre à jouer avec. J'ai retrouvé mes Polly Pocket que je n'avais pas sorties depuis des mois, et au début j'ai juste voulu les aligner pour décider lesquelles garder, mais je me suis vite absorbée dans un jeu plutôt complexe. Un peu plus tard, Marguerite est venue me rejoindre. Je me demande parfois si je suis trop grande pour les Polly Pocket, mais c'était un jeu super et l'intrigue était assez adulte. Marguerite a passé dix minutes à fouiller dans la boîte pour trouver sa Polly Pocket à elle, la blonde avec de très longs cils. Moi, je suis toujours la brune à cheveux courts en tailleur. La Polly femme d'affaires, comme était Maman avant.

— Ça avance, le rangement de ta chambre ? lui ai-je demandé au bout d'un petit moment.

— Ça va. Je n'ai pas encore commencé.

— Qu'est-ce que tu faisais, alors ?

— D'abord, il a fallu que je mette une tenue de ménage. Ensuite, je me suis regardée dans la glace.

Nous avons joué un peu, mais nous avons assez vite constaté que nous avions faim. J'ai envoyé Marguerite voir en bas ce qui se préparait pour le déjeuner. Elle est remontée au bout de quelques minutes.

— Papa est encore sur l'ordi et William D joue aux Lego.

— Et le déjeuner ?

— Je crois qu'on va devoir le préparer nous-mêmes.

J'ai soupiré et je suis descendue. Papa lisait des sorties imprimante.

— Je prépare à manger ? ai-je proposé.

— Oh, oui, ce serait super, m'a-t-il répondu sans relever la tête.

J'ai donc confectionné des sandwichs pour tout le monde. Je connais les préférences de chacun. Fromage-houmous pour William D ; jambon-mayo-concombre pour Marguerite ; poulet-moutarde-mayo-tomate pour Papa ; fromage-cornichons pour moi. J'ai mis des heures à en venir à bout, mais nous avons fini par nous rassembler tous autour de la table.

— Bien ! a fait Papa entre deux bouchées. Il est presque 3 heures. Je pense qu'on a bien avancé, mais il faudrait accélérer un peu. Je vais chercher la tondeuse après le déjeuner. Les filles, j'aimerais que vous passiez l'aspirateur. William D, tu en es où avec les Lego ?

Comme il avait la bouche pleine, William D s'est contenté de lever le pouce.

— Super, a dit Papa. Continue comme ça.

Nous avons mis un bout de temps à trouver l'aspirateur et à comprendre à quoi servaient tous les accessoires, mais nous avons réussi à faire une bonne partie du couloir, malgré William D qui sortait régulièrement de la salle de jeux pour nous crier de faire moins de bruit. Seulement voilà, le sac a fini par être plein, et pendant qu'on essayait de le retirer Marguerite l'a laissé tomber par terre et en a mis partout. Elle a prétendu que c'était moi qui l'avais lâché, mais c'est faux, c'était bien elle. Et donc, pendant qu'elle allait chercher la pelle et la balayette, j'ai essayé de remettre le sac.

— Du coup, il est vidé, ai-je dit.

Nous avons réussi à nous débarrasser d'une partie du tas de poussière, mais je ne suis pas arrivée à remettre le sac en place et je me suis mise en quête de Papa pour qu'il nous aide.

Comme je ne le voyais pas, je me suis enfoncée dans les hautes herbes, vers le fond du jardin. Marguerite n'a pas tardé à me suivre, à petits pas délicats pour ne pas mouiller ses jolies chaussures rayées. Notre jardin de derrière est en trois parties. La partie la plus proche de la maison est censée être une pelouse, avec le potager à droite et quelques arbustes à gauche – c'est la pelouse n° 1. Puis il y a un mur, et on passe une porte pour entrer dans la deuxième partie du jardin – la pelouse n° 2 –, qui est envahie par les arbres, les buissons et les rosiers qui s'accrochent dans les vêtements. Il y a là des tonnes de papillons et d'insectes que Clématite chasse et mange. Enfin, tout au fond, il y a la resserre, quelques arbres fruitiers et un ancien potager envahi par les ronces. Papa était endormi dans la resserre, en train d'écouter le match de cricket sur le petit poste de radio qu'il laisse toujours là-bas.

— Il a trouvé la tondeuse ? m'a demandé Marguerite à voix basse, en marchant derrière moi, posant ses pieds avec prudence dans l'herbe longue et mouillée.

— On ne dirait pas.

— Est-ce qu'il faut le réveiller ?

— Non, laissons-le roupiller un peu.

Au retour, j'ai remarqué que les restes du petit déjeuner étaient toujours sur la table en fer rouillé, couverts de fourmis. Le bol brisé était toujours par terre. *Il faut que je pense à ranger avant le retour de Maman*, ai-je pensé. Et puis, je ne sais plus bien qui a eu l'idée, mais nous avons regardé un peu la télé, jusqu'au moment où on a frappé à la porte. C'était Emily.

— Je peux venir jouer? a-t-elle demandé.

— On est censés ranger, ai-je dit en fronçant les sourcils.

— Vous êtes devant la télé.

— C'est pas faux. On attend que Papa se réveille pour nous aider.

Donc, Emily est entrée et nous avons regardé la télé ensemble, et puis Papa a fini par arriver en bâillant et en demandant quelle heure il était.

— 6 h 35, a dit Emily.

— Du matin?

— Non, du soir.

— De quel jour?

— Samedi.

— Ah, ouf! a fait Papa.

Puis, comme s'il venait juste de se rendre compte de sa présence:

— Bonsoir, Emily.

— Bonsoir, a-t-elle répondu en le regardant avec suspicion.

Emily est parfois un peu bizarre avec notre père. Je pense que c'est parce qu'elle ne connaît pas très bien le sien. Une fois, sur le chemin de l'école, elle a demandé à Maman à quoi servaient les papas.

— C'est une bonne question, a dit Maman, mais elle n'a pas essayé d'y répondre.

— Je veux dire, je suis au courant pour les oiseaux et les abeilles, a continué Emily.

— Ah bon ? a fait Maman, étonnée.

— Oui, on a tout appris en SVT.

— Tout appris ?

— Oui. Tout.

— Je devrais peut-être reprendre des cours de SVT. Il y a encore beaucoup de choses que je ne comprends pas bien.

— Les colonies d'abeilles gardent juste quelques mâles, pour servir la reine, lui a expliqué Emily. À part ça, ils ne servent pas à grand-chose.

— Hum, a fait Maman. Bon, parlons d'autre chose...

— Et si la nourriture vient à manquer, elles chassent les mâles de la ruche et ils meurent.

— Oh, ce n'est pas très gentil, ça, a dit Maman.

— Ils sont jetables. C'est la Loi de la Nature, a farouchement déclaré Emily. Les mâles ne leur servent à rien.

— Même pas à sortir les poubelles ? a demandé Maman. Ou à descendre la nuit voir s'il y a un cambrioleur ?

— Ou à faire des spaghettis carbonara? a suggéré Marguerite.

Je pense que Maman a peut-être raconté cette conversation à Papa, parce que maintenant, chaque fois qu'Emily est là, il nous fait un grand numéro de parent parfait. On dirait qu'il cherche à prouver qu'il n'est pas jetable. Il ne veut pas être viré de la ruche dès que nous serons à court de corn-flakes.

— Ta mère sait que tu es là? a-t-il demandé à Emily.

— Oui.

— Tu veux rester dîner?

— Qu'est-ce qu'on mange?

— Des spaghettis bolo. Et du pain à l'ail.

J'ai bien vu qu'il improvisait totalement. Il ne voulait pas avoir l'air désorganisé devant Emily.

— D'accord, je veux bien.

Papa est sorti de la pièce, et peu après, comme je l'entendais s'affairer dans la cuisine, je suis allée l'aider. Le nom de famille d'Emily est Bellamy, ce que Papa trouve très drôle. Je lui ai expliqué un jour qu'elle ne s'était pas toujours appelée comme ça.

— Bellamy, c'est le nom de sa mère. À la naissance, elle portait le nom de son père, mais il s'est fait prendre avec plein d'argent sur son compte en banque et il est allé en prison. Sa maman lui a demandé si elle voulait changer pour Bellamy, et elle a dit oui.

— Comment s'appelait son père ?

— Il n'est pas mort.

— Ah bon. Comment s'appelle son père ?

— Rod.

— Non, son nom de famille, a dit Papa en émincant une gousse d'ail.

Il est très fort pour émincer l'ail. J'adore le regarder, il va à toute vitesse avec son couteau. Le couteau est hyper tranchant, et ça me donne à chaque fois un petit frisson de le voir s'en servir si vite. Cric cric cric.

— Tonk, ai-je dit.

Il a cessé d'émincer pour me regarder.

— Il s'appelle Tonk ?

— Oui, Tonk.

— Rod Tonk.

— Oui.

— Rod Tonk et Emily Tonk.

— Emily Bellamy, maintenant.

— Les deux noms sont géniaux.

Papa invente souvent des chansons avec le nom d'Emily, qu'il chante sur des airs variés. Ce soir, c'était sur l'air de « Il en faut peu pour être heureux ».

Il en faut... peu pour Emily
Emily jolie Bellamy
Un peu de bolognaise et d'spaghettis, you-pi !

— On n'a pas beaucoup avancé dans notre grand ménage, ai-je constaté en mettant une casserole d'eau à bouillir.

— Je sais, a fait Papa en soupirant. Et pourtant, on a travaillé comme des chiens TOUTE LA JOURNÉE.

Et il pensait ce qu'il disait. J'adore Papa. Nous l'adorons tous. Et si nous l'aimons tant, c'est en partie parce qu'il est complètement déconnecté de la réalité. Maman dit qu'il a la tête dans les nuages. Jacob dit que c'est un doux rêveur. Marguerite dit qu'il est bête ; William D, que c'est le meilleur raconteur d'histoires du monde. Emily dit que c'est un bourdon inutile.

Mais je comprends qu'il énerve parfois Maman. Il y a des jours où ce qu'on aime le plus chez quelqu'un peut aussi être ce qui nous met le plus en colère.

* * *

Papa a autorisé Emily à rester jouer après le dîner, et quand elle est partie chez elle, il était trop tard pour continuer le grand ménage ou prendre notre bain, si bien que nous sommes tombés d'accord pour nous lever très tôt le lendemain matin et «tout faire en vitesse d'un coup». C'était dommage qu'il ne soit plus temps de nous laver : après trois parties de chasse au Skink, William D était carrément crasseux.

Chez nous, personne ne fait la grasse matinée. Voici comment cela se passe. Je me réveille la première et je n'arrive pas à me rendormir. Je vais donc m'asseoir sur l'appui de la fenêtre pour observer le monde. Peu après, j'entends la porte de William D s'ouvrir et mon petit frère va rejoindre Papa et Maman. Comme il ne comprend pas le concept de parler à voix basse le matin ni de fermer les portes, je l'entends crier aux parents des histoires de Spiderman ou son rêve dans lequel il y avait un Pokémon très rare. Puis Papa l'emmène en bas pour que Maman puisse dormir encore un peu. L'odeur de son café matinal monte l'escalier sur la pointe des pieds et je les entends tous les deux essayer d'ouvrir la Porte d'Entrée pour prendre les bouteilles de lait. Ensuite, c'est Marguerite qui se lève, et soit elle descend regarder la télé avec William D, soit elle vient dans ma chambre pour regarder par la fenêtre avec moi.

Maman finit par se lever et gronde Papa parce qu'il n'a pas encore servi leur petit déjeuner aux enfants, puis elle m'appelle à table. Je pourrais descendre aussitôt que je l'entends se lever, sans doute, mais j'attends toujours qu'elle m'appelle, juste pour vérifier qu'elle ne m'a pas oubliée. Elle ne m'oublie jamais.

Ce matin, ça ne s'est pas passé comme ça. Ce matin, ce n'est pas moi qui me suis réveillée la première, ni William D. C'est la Porte d'Entrée. Elle a commencé à sonner et à cogner. Je me suis assise dans mon lit, j'ai bâillé, je me suis étirée et je suis descendue voir qui sonnait et cognait. Eh bien, c'était Maman.

— J'ai oublié mes clés, m'a-t-elle dit en me faisant un câlin.

— Tu rentres plus tôt que prévu.

— Il est 10 heures passées ! Enfin bref, tu m'as manqué.

— Toi aussi.

— Je vois que ton père n'a pas réussi à tailler le rhododendron. Comment ça s'est passé, le grand ménage ?

— Euh...

Maman et moi avons fait une tournée d'inspection ensemble. Dans le salon trônait l'ordinateur, capot retiré, entouré de son mode d'emploi et d'environ un million de sorties imprimante éparpillées au sol. Dans le couloir, il y avait encore un gros tas de poussière de l'aspirateur, que nous avions oublié de balayer. Dans la salle de jeux, le sol était couvert de Lego et de boîtiers de DVD. Dans la cuisine, la vaisselle était dans l'évier, ainsi que Clématite, qui nous a regardées un instant avant de se remettre à lécher de la sauce bolognaise dans la casserole. Maman est allée à la porte de derrière et a regardé les reliefs du petit déjeuner de la veille sur la table, ainsi que l'herbe, plus haute que jamais.

À l'étage dans ma chambre, elle a observé les Polly Pocket qui jonchaient le sol et le sac-poubelle qu'elle m'avait donné, toujours en boule par terre, vide.

— Et chez Marguerite ?

— Pareil, ai-je dit, tête baissée.

— Vous n'avez rien fait de ce que je vous avais demandé ?

— Non.

— Je vois. Si tu descendais te préparer un petit déjeuner ?

— Où vas-tu ?

— Dire deux mots à ton père, a-t-elle lâché d'une voix glaciale.

Quand elle est passée devant moi, j'ai vu que ses lobes d'oreilles étaient blancs.

J'ai dégluti. Pauvre Papa, ai-je songé avant de descendre.

Plus tard dans la journée, je suis sortie sans bruit de ma petite chambre et je me suis remise à mon projet d'écriture. J'avais envie de décrire la cuisine. C'est sans doute la pièce la plus importante de la maison, car c'est là que nous passons le plus clair de notre temps.

ÉCOLE ÉLÉMENTAIRE ST ANDREWS

RAPPORT DE DÉJEUNER

JOUR : LUN MAR MER JEU VEN

Nom de l'enfant : William D
Classe : Chenilles

Aujourd'hui votre enfant :
- n'a presque rien mangé
- n'a rien mangé

Détails :
Il dit qu'il est gaucher et qu'il lui faut une cuillère spéciale pour gaucher. Merci d'appeler le secrétariat.

Signé :
Mme Gurney
Secrétaire de l'école

La cuisine

Notre cuisine est grande et pleine. C'est la pièce qui a fait craquer Maman la première fois qu'elle a visité la maison, même si on voyait beaucoup plus le jardin par la fenêtre à l'époque parce que l'herbe était bien coupée. Il y a un gros poêle, qui rend la pièce douillette en hiver. Il y a aussi une radio toujours allumée sur la station Radio 4, généralement barbante, mais parfois ils parlent d'un politicien qui s'est fait surprendre avec une dame qui n'était pas sa femme, ce qui est toujours amusant à écouter. Parfois, les nouvelles parlent de gens qui ont été horriblement assassinés et Maman chante fort pour que nous n'entendions pas les détails.

Le frigo est couvert de nos photos, de nos dessins, de magnets souvenirs de nos vacances dans le Dorset, du tableau à étoiles de William D et du dernier mot qu'il a rapporté de l'école.

Depuis que William D a appris que les gauchers

avaient parfois des difficultés avec les ustensiles conçus pour les droitiers, c'est son excuse pour ne rien faire. Maman dit qu'elle s'en veut de lui avoir acheté des ciseaux pour gaucher. Quand il a dû dessiner un carré à l'école, il a soutenu qu'il lui fallait une règle pour gaucher. Quand Papa a essayé de lui apprendre à faire du vélo, il a dit qu'il lui fallait un vélo pour gaucher.

C'est curieux, parce qu'il n'a aucune difficulté à utiliser une souris pour droitier quand il joue sur l'ordinateur. Mais Maman a pris une cuillère normale dans le placard, a tracé un G dessus au marqueur indélébile et l'a mise dans son cartable.

La cuisine est ma pièce préférée de la maison après ma chambre. C'est parce que c'est là que nous passons le plus de temps ensemble. Même si elle n'est pas si grande que ça, et qu'elle peut assez vite être encombrée et un peu bruyante quand tout le monde se dispute ou bavarde, que la radio est allumée et que le lave-vaisselle est en route.

Les chats aussi aiment bien la cuisine. Ils ont chacun un panier à côté du poêle, là où il fait bien chaud. Ils ne se couchent jamais chacun dans le sien, mais se tassent toujours tous les deux dans le même, alors qu'il n'y a pas la place pour deux chats adultes.

— Je me demande pourquoi ils font ça, s'est

interrogé Papa un jour en se baissant pour grattouiller le menton de Clématite. Tu peux avoir ton propre panier, petite andouille. Ce serait bien plus confortable.

Mais il connaissait la réponse. Je l'ai dite quand même :

— Ils aiment mieux les câlins que le confort.

Tamsin la Folle

Tamsin la Folle est venue jouer plus tard. C'est la meilleure amie de Marguerite et on l'appelle Tamsin la Folle parce qu'elle s'appelle Tamsin et que... eh bien, elle est folle comme un piquet de tente, dirait Marguerite. Elle est adorable et on l'aime bien, mais Maman redoute ses visites car elle est très aventureuse et extrêmement sujette aux accidents. Ce qu'elle aime par-dessus tout, c'est grimper sur les choses. Les tables, les étagères, les arbres, le pignon de la maison. On dirait qu'elle a avalé une montgolfière quand elle était bébé, et que celle-ci la pousse toujours vers le haut, le plus haut possible.

Un jour, nous étions au mur d'escalade et le moniteur était en train de nous faire un discours assommant sur la sécurité quand Tamsin s'est mise à grimper sans harnais, après quoi elle n'a pas su redescendre et il a fallu aller la chercher avec une échelle. À Noël dernier, elle a essayé de monter dans le sapin et il lui est tombé dessus.

Même quand elle ne grimpe sur rien, elle se fiche dans le pétrin.

La fois où elle est venue camper avec nous, elle a mis le feu à ses cheveux en faisant griller des marshmallows. Une autre fois, en allant à Londres avec sa famille, elle est montée dans le mauvais train, s'est retrouvée seule en route pour Basingstoke et a sympathisé avec un DJ en fauteuil roulant qui lui a prêté son portable pour appeler sa maman. Il lui a aussi acheté des chips et lui a offert un de ses CD. La police des transports a dû la ramener. Elle a encore le CD.

Mais elle a toujours un grand sourire aux lèvres, et une fois qu'elle a fait une bêtise elle demande : « Alors ? Hein ? Hein ? »

Ses parents font ça aussi : ils sourient, roulent des yeux et disent : « Alors ? Hein ? Hein ? »

Comme Maman était à la salle de gym, nous avons joué au BOUMball, ce qui n'est que modérément dangereux en principe, mais Tamsin a quand même réussi à s'enrouler l'élastique autour du cou. Plus tard, elle est montée sur la table en fer rouillé pour avoir une meilleure position sur le terrain. La table s'est immédiatement effondrée dans un nuage de miettes de rouille, et elle s'est tordu la cheville.

— Ça va ? lui a demandé Papa en l'aidant à se relever.

— Ça va, a-t-elle dit en boitillant avec un grand sourire. Alors ? Hein ? Hein ?

Quand cela a été le tour de Papa d'être Boumeur, il a frappé si fort que l'élastique a cassé net et que la balle est partie au fin fond du jardin, dans les Fourrés.

— Joli coup ! a dit Papa.

— Papa ! avons-nous crié avec colère.

— Pas de problème, pas de problème, je vais la chercher.

Il a couru jusqu'aux Fourrés, mais s'est arrêté à la lisière, l'air pas rassuré. Nous l'avons suivi et nous nous sommes arrêtés juste derrière lui. Les Fourrés sont noirs et lugubres. Personne ne sait au juste jusqu'où ils s'étendent, tellement ils sont gigantesques. Clématite s'y aventure parfois et en ressort avec une bête sauvage entre les dents, mais La Limace n'y met pas les pattes.

— C'est touffu, ai-je commenté.

— Touffu comme une brosse à dents, a précisé Marguerite.

— William D, tu crois que tu pourrais te faufiler pour aller chercher la balle ? a proposé Papa.

— Ça va pas la tête ?

— Et vous, les filles ?

— Moi, j'y vais, a dit Tamsin.

Elle n'a peur de rien, cette fille.

— Non, pas toi. Tu te ferais mordre par une araignée, ou dévorer par un anaconda ou je ne sais quoi. Je ne veux pas avoir à expliquer à ta mère que tes os ont été broyés par un reptile de l'Amazonie.

— C'est toi qui l'as envoyée, a souligné Marguerite. C'est toi qui devrais y aller.

— Mais je ne veux pas. C'est mouillé, dégoûtant, plein d'araignées et de bestioles. Je pense que tu devrais y aller, Chloé.

— D'accord, ai-je répondu tout de suite.

— Hein ? Tu es sûre ?

— Oui, je suis sûre.

J'ai respiré un bon coup et je me suis avancée. J'ai tendu une main et poussé les feuillages sur le côté. Puis je suis entrée dans les Fourrés. Papa avait raison. C'était mouillé, c'était dégoûtant, et il y avait bien des araignées. Mais j'étais courageuse. Ce n'était pas vraiment la balle que je voulais, non : je voulais être la première à explorer. Je peux être très volontaire quand je m'y mets. J'ai continué d'avancer, en frissonnant lorsqu'une feuille mouillée se plaquait dans mon cou et me déversait de l'eau de pluie dans le dos. Derrière la première rangée de buissons, il y avait un autre rhododendron, encore plus énorme que celui du côté de la maison. J'ai enjambé deux grosses branches, tellement lourdes qu'elles touchaient presque le sol.

À l'intérieur du rhododendron, il faisait sec, et je pouvais me tenir debout sans que ma tête touche les feuillages.

— Tout va bien? m'a crié Papa. On ne te voit plus.

— Ça va! (J'essayais de percer les ténèbres.) Il y a un autre rhododendron, et je crois que je vois un pommier, et... et...

— Quoi? Qu'est-ce qui se passe? Ça va?

Je n'ai pas répondu. J'avais aperçu quelque chose derrière le rhododendron. On aurait dit un mur, un mur en bois. Une cabane à outils?

— Chloé?

— J'aperçois quelque chose en bois. Je vais voir.

— Un arbre? a demandé Papa.

Quel comique, celui-là.

— Il y a une porte en bois! J'entre!

— C'est une armoire? a crié Papa. Tu vois Tumnus?

J'ai tiré la porte avec difficulté et je suis entrée. Ce n'était pas une simple cabane à outils, je l'ai vu tout de suite. C'était un pavillon d'été; l'intérieur était très sombre, à cause des branchages qui obstruaient les fenêtres. Des ronces s'étaient insinuées par les fentes entre les planches et il y avait un nid de guêpes dans la charpente, mais la construction n'avait pas l'air pourrie.

— Chloé? a appelé Papa.

— Il FAUT que vous veniez voir ça!

Leur curiosité l'a emporté et, peu après, Papa est arrivé entre les feuillages, en disant des gros mots dans sa barbe.

— Waouh ! s'est écriée Marguerite en découvrant le pavillon.

— Trop nuuul ! a ajouté William D. Qu'est-ce que c'est ?

— C'est un pavillon d'été, a dit Papa. Il a l'air en bon état, à part le nid de guêpes.

— DES GUÊPES ! a crié William D. Cool !

— Je suppose que c'est le rhododendron qui l'a protégé de l'humidité, a continué Papa. La question est : qu'est-ce qu'on en fait, maintenant ?

— On pourrait le nettoyer et le transformer en cabane secrète, a dit Marguerite.

— On pourrait tailler les buissons et se débarrasser des ronces, a suggéré Papa. Apporter une radio et un hamac.

— On pourrait élever une armée de guêpes, a dit William D, et devenir maîtres du monde.

J'allais leur donner mon idée quand nous avons entendu quelque chose sur le toit. Quelque chose de gros et lourd, qui se déplaçait. Nous avons échangé des regards inquiets.

— L'anaconda, a soufflé Papa.

Il rigolait, mais je voyais bien qu'il était perplexe.

— La reine des guêpes, a affirmé William D, sûr de lui.

Papa est sorti voir de quoi il retournait.

— Sois prudent, lui ai-je recommandé.

— Je t'avais demandé d'attendre là-bas, a dit Papa à quelqu'un sur le toit.

— C'est Tamsin ! s'est exclamée Marguerite, comprenant soudain.

Nous nous sommes précipités dehors. Tamsin nous regardait depuis le toit avec un grand sourire.

— C'est génial, là-haut. On peut grimper par ce gros arbre.

— Je pense que tu devrais descendre, maintenant, lui a dit Papa.

— Ce n'est pas dangereux, a-t-elle protesté en marchant de long en large. Regardez, c'est parfaitement... Aaaaah !

D'un seul coup, avec un cri, elle a disparu. Papa a couru de l'autre côté.

— Elle est passée par-dessus le mur de clôture, a constaté Papa. Tamsin, ça va ?

— Je vais bien ! J'ai atterri dans du mou. Des plantes. Je remonte.

— Non ! Tu arrêtes de grimper. Tu es dans le jardin de M. Coleman, alors sors par devant et je te retrouve là-bas. Si M. Coleman te voit, ne lui dis pas que tu viens de chez nous. Il nous en veut toujours depuis l'incident avec le feu d'artifice.

Nous sommes partis en courant rejoindre Tamsin, mais arrivés à la maison nous avons découvert que M. Coleman l'avait capturée et amenée devant la Porte d'Entrée. Comme celle-ci refusait de s'ouvrir, Papa a sorti la tête par la fenêtre.

— Elle est à vous, celle-là ? lui a demandé M. Coleman.

— Temporairement, a répondu Papa gaiement.

— Elle a atterri dans mes tomates. Elles sont fichues.

— Ah, désolé. Je dois passer à la supérette tout à l'heure, je vous en achèterai, si vous voulez.

— Je n'aime pas les tomates de la supérette ! Elles sont pleines de pesticides. Je ne mets que des engrais bio sur mes tomates.

— Bah, quoi de plus bio qu'une fillette de huit ans ?

Papa essayait vraiment d'être aimable, mais M. Coleman lui a lancé un regard courroucé.

— Vous savez, on était tranquilles, dans cette rue, avant votre arrivée.

— Vous voulez dire que vous étiez morts d'ennui, l'a corrigé Papa.

— Non. Je veux dire qu'on était tranquilles.

Sur ces mots, il a tourné les talons tandis que Papa tirait Tamsin par la fenêtre.

Maman est rentrée peu après de la salle de gym et l'heure du dîner est arrivée. À nous deux, Tamsin et moi avons cassé deux assiettes et un verre. Nous avons donc dû abandonner le pavillon d'été pour ce soir. Papa nous a promis qu'on essaierait de dégager un chemin le week-end prochain, puis qu'on déciderait de ce qu'on en ferait. Pendant le repas, Clématite a rapporté quelque chose du jardin et l'a déposé aux pieds de Maman. Quelque chose de velu.

Maman a bondi en poussant un petit cri.

— John !

— Trop mignooon, a dit Marguerite.

— Oh, trop mi... a commencé Tamsin.

— Elle est morte, ai-je lâché après un bref coup d'œil.

— Merci, Clématite, a dit Maman. Merci beaucoup pour cette souris morte.

C'était ironique. Papa a observé la pauvre créature.

— C'est un campagnol.

— Merci pour la leçon d'histoire naturelle, professeur. Et maintenant, tu peux nous en débarrasser ?

Papa a ramassé la petite bête avec un morceau de papier journal et l'a emportée vers la poubelle. Marguerite était triste pour le campagnol.

— Les chats sont des prédateurs, lui ai-je expliqué. Les campagnols sont des proies. C'est la Loi de la Nature.

— La Nature fait un peu trop sa Loi par ici, si vous voulez mon avis, a commenté Maman. C'est le troisième meurtre de la semaine. Ça grouille de Nature, dans le coin.

Quand Papa est revenu, Maman l'a pris par les deux épaules et lui a dit :

— Tonds la pelouse. Ou je demande le divorce.

Elle plaisantait. Enfin, je crois.

Troisième partie

Le jardin

Je pense que la vraie raison pour laquelle Papa ne fait jamais rien dans le jardin, c'est parce qu'il aime que celui-ci reste à l'état sauvage. En été, la pelouse du milieu devient une masse de fleurs des champs; Marguerite et moi en avons cueilli et les avons rapportées à la maison. Maman nous a aidées à chercher leurs noms sur l'iPad. Les bleues sont des bleuets, les rouges des pavots et les jaunes des boutons-d'or. Les blanches sont des marguerites, et ce sont les préférées de Marguerite, évidemment. En été, il y a des milliers de papillons partout et, ici et là, un bourdon, passant d'une fleur à l'autre, affairé comme une maman. Ou affairé comme un pot de confiture, dirait Marguerite.

C'est le jardin idéal pour les chats. Ils ont toujours un endroit où se cacher, fureter et rôder dans les hautes herbes pour bondir sur des petites créatures innocentes. Marguerite est bouleversée quand ils en tuent et, pour être honnête, moi aussi, mais je connais la vie sauvage et je comprends que c'est la Loi de la Nature si Clématite laisse des petits morceaux d'étourneau sous le meuble télé.

Quand nous avons eu les chats, Maman a passé beaucoup de temps à regarder sur Internet comment s'occuper d'eux et quoi faire s'ils ne mangeaient que des oisillons et des limaces. L'une des choses qu'elle a apprises est qu'il faut émettre un bruit bien reconnaissable quand c'est l'heure de leur dîner, de préférence un son aigu. Alors, la première fois qu'elle les a nourris, elle est sortie dans le jardin et a cherché un bruit reconnaissable. La conversation s'est déroulée ainsi :

— Qu'est-ce que je devrais leur crier, à votre avis? nous a-t-elle demandé, à Marguerite et moi.

— Leurs noms? a proposé Marguerite.

— La Limace? Je ne peux pas crier « La Limace! Clématite! » Les gens me prendraient pour une folle.

— Les gens te prennent déjà pour une folle, est intervenu Papa.

— Ou alors : À TABLE! À TABLE! ai-je suggéré.

— Le site web disait qu'il fallait éviter d'employer un mot de la conversation courante, sinon chaque fois qu'on le prononcera ils croiront que c'est pour eux.

— Et que proposait-il, ce site? a demandé Papa.

— N'importe quoi, ça n'a même pas besoin d'être des mots. Du moment que c'est le même bruit tous les soirs.

Elle a fini par perdre patience et par crier : « SCOU-BIDOU-BIDOU ! » d'une voix haut perchée. Ils sont venus, et maintenant tous les soirs l'un d'entre nous doit sortir et crier « SCOU-BIDOU-BIDOU ! » à tue-tête.

Papa a essayé de le faire d'une voix grave et ça n'a pas marché. Les chats restent indifférents tant qu'on ne crie pas d'une voix stridente.

Papa a soupiré et demandé à Maman pourquoi elle avait choisi « SCOU-BIDOU-BIDOU ! », et elle a fait remarquer qu'elle n'avait pas entendu d'idées brillantes de sa part.

Il y a une sorte de chemin au milieu du jardin, pas une vraie allée pavée ni rien mais juste un sentier qui s'est creusé là où nous passons tout le temps. Il mène à la resserre et aux Fourrés du fond, là où tout est sombre et touffu. Je vois souvent Papa sur ce chemin, en train de faire « le tour du propriétaire », comme il dit. Il a toujours le sourire quand il est dans le jardin.

Je me rappelle qu'un jour, l'an dernier, nous avons fait une de ces inspections ensemble et il m'a parlé de tous ses projets pour le jardin, qu'il n'a jamais mis à exécution. Ce devait être à l'automne, parce que je me rappelle que les arbres et les buissons avaient cent nuances différentes de brun, de rouge, de roux et de jaune, et encore un peu de vert. Il y avait des reinettes écrasées sous le pommier, et quand on marchait dessus cela sentait le cidre, le vinaigre et la tarte aux pommes. À Londres, nous n'avions pas le droit de faire du feu mais à Weyford, en automne, de la fumée sort de toutes les cheminées et les gens brûlent des branches et des feuilles mortes dans leurs jardins. Et donc, en octobre et novembre, une délicieuse odeur de feu de bois flotte toujours sur York Road. Chaque fois que je sens de la fumée, je pense à mon père dans le jardin, souriant.

J'adore notre jardin, même s'il est un peu en désordre, et j'adore mon père même si ses projets sont plus grands que ses efforts. Mais quand même, parfois j'aimerais qu'il en fasse un peu plus. Juste pour faire sourire Maman aussi.

Imogen

Il s'avère qu'aucun d'entre nous n'avait vu Jacob depuis qu'il était sorti avec Charlie le vendredi soir. Maman en voulait à Papa.

— Je m'absente vingt-quatre heures, et tu en profites pour perdre un des gosses.

— Il finit toujours par revenir, a dit Papa. Mais comme il ne range jamais sa chambre, c'est difficile de dire s'il a dormi là ou pas.

Jeudi, après l'école, Maman a envoyé un SMS à Jacob.

— Encore en vie? a-t-elle lu tout en tapant.

Nous étions au Maltings, le gros bâtiment au bord du fleuve avec un théâtre et la fête de la bière où Papa aime aller. Là, Marguerite fait de la danse classique et moi du modern-jazz et des claquettes. Mon cours était terminé mais Marguerite en avait encore pour une demi-heure. Nous l'attendons toujours à la cafétéria. Maman prend un café et m'achète un jus d'orange, et William D a droit à un babyccino (c'est un chocolat chaud qui ressemble à un capuccino) qu'il ne termine jamais parce qu'il préfère faire le fou et embêter les autres clients. Il est épuisé en fin de journée, et devient encore plus William D que d'habitude.

— Alors, c'était comment, l'école ? m'a demandé Maman en posant son téléphone.

Elle m'a regardée d'une façon qui signifie chez elle qu'elle s'inquiète pour moi. Elle sait toujours quand ça ne se passe pas bien à l'école parce qu'alors j'ai le sommeil agité. Je ne lui raconte pas chaque fois qu'Imogen est horrible avec moi. C'est difficile de savoir quoi dire, de toute manière. Ce n'est pas comme si elle me pinçait ou me faisait des croche-pieds dans le couloir. Simplement, elle m'exclut de ses jeux, et ses copines m'ignorent ou s'en vont en chuchotant quand je m'approche, et elles rient en me regardant. Ce qui est fou, c'est qu'elles ne le font que quand Imogen est là. Le reste du temps, elles sont sympas. Hannah est plutôt amicale avec moi en l'absence d'Imogen. C'est complètement idiot, cette histoire.

Je joue donc avec Emily et c'est bien, mais ensuite Maman me demande avec qui j'ai joué, et si je réponds juste « Emily », elle me dit : « Chérie, j'aimerais bien que tu te fasses plus d'amies. Emily est une bonne copine, mais elle est un peu possessive. » Alors je dis : « J'essaierai demain. »

Parfois, je tente de jouer avec Tobias parce qu'il est seul, lui aussi, mais c'est difficile parce qu'il ne comprend pas bien le jeu, il s'énerve pour un rien, se fâche tout rouge et part en courant et en criant. Aujourd'hui, je me suis simplement trouvé un coin tranquille pour bouquiner.

— C'était chouette, ai-je dit.

Mais je mentais un peu. J'apprécie l'école quand je suis en classe. J'adore Mme Fuller et j'aime ma table parce que tout le monde sait que c'est celle des gens intelligents même si on n'est pas censés le savoir, et puis je m'entends bien avec Thomas et Oliver quand on travaille ensemble sur un problème de maths. Mais à la récréation, les garçons jouent au foot et les filles ne sont pas invitées, même si Papa dit que j'ai un shoot du tonnerre. Si je raconte cela à Maman, elle va appeler l'école pour dire que je ne m'intègre pas et que je me fais maltraiter, et demander pourquoi on ne me laisse pas jouer au foot, et Mme Fuller va essayer d'organiser nos jeux de manière que tout le monde soit inclus. Mais Imogen et Sophie et Hannah et les autres finissent toujours par savoir ce qui se passe. Et les garçons ne seront pas contents parce qu'ils devront faire des parties nulles où ils n'auront pas le droit de tacler. Ils joueront le jeu une journée, et le lendemain tout redeviendra comme avant mais en pire parce que les filles sauront que c'était ma faute. Et voyons les choses en face : personne ne viendra à ma fête si je rapporte.

— Tu es sûre ? a insisté Maman. Je t'ai entendue crier dans ton sommeil la nuit dernière.

— J'ai rêvé que William D tombait dans un puits.

Je n'aime pas mentir à Maman, mais je ne voulais pas non plus lui dire que je m'inquiétais à cause de ma fête, maintenant qu'elle m'avait autorisée à la faire dans le jardin.

— Un rêve, en effet ! a dit Maman en le regardant réécrire le menu sur la petite ardoise à côté de la caisse.

Elle plaisantait, hein. Je suis presque certaine que Maman ne veut pas vraiment que William D tombe dans un puits. Elle allait se lever pour l'attraper par le bras lorsque son téléphone a vibré.

— C'est Jacob.

En lisant l'écran, elle s'est rembrunie.

— Qu'est-ce qu'il dit ? ai-je demandé.

— « C'est qui ? » a répondu Maman en tapant une réponse.

Il y a eu un grand fracas du côté de la caisse. William D avait renversé un présentoir de bonshommes en pain d'épice et faisait comme s'il était étranger à l'affaire. Je suis allée le chercher et m'excuser auprès du monsieur qui préparait le café. Il a haussé les épaules.

— Pas grave, j'ai l'habitude.

— Oui, j'imagine, ai-je dit.

J'ai regardé autour de moi : tout le monde était soit une maman à l'air fatigué, soit un enfant à l'air fatigué.

— Ce n'est pas la première petite terreur qui renverse le présentoir, a ajouté le type avec un grand sourire.

— Quand même, il l'a fait trois fois aujourd'hui, ai-je souligné.

J'ai traîné un William D récalcitrant jusqu'à la table de Maman. Elle lisait un nouveau SMS de Jacob.

— Il dit qu'il a perdu tous les contacts de son téléphone. Je ne suis pas sûre de le croire.

— Pourquoi est-ce qu'il inventerait ça ?

— Pour avoir une bonne excuse pour ne pas répondre. Comme ça, si une de ses petites copines l'appelle, il peut prétexter qu'il n'a pas décroché parce qu'il croyait que c'était quelqu'un qui voulait lui vendre des assurances.

J'étais sur le point de parler avec Maman de ma fête quand il y a eu un nouveau fracas du côté du comptoir. William D s'était emberlificoté dans un présentoir de friandises et avait tout renversé.

Maman a soupiré :

— Tu crois qu'on pourrait faire comme si on ne le connaissait pas et simplement s'en aller ?

— Non. Je crois qu'on est coincées avec lui.

Le lendemain, nous faisions des maths, et Mme Fuller a placé Imogen à ma table. D'habitude, j'aime bien les maths, pas seulement à cause de la matière mais aussi à cause de mes voisins de table. Ce sont généralement Thomas, Oliver et Hannah, et on rigole bien ensemble, surtout quand Thomas fait son imitation de Taylor Swift dans son clip. Mais aujourd'hui, Oliver et quelques autres étaient malades et Mme Fuller a refait les groupes. Nous avons hérité d'Imogen. C'est le pompon.

Elle n'a pas mis longtemps à se montrer odieuse. Nous étions censés discuter d'un problème de maths, pourtant elle a commencé à parler de son anniversaire.

— Tu as hâte de venir à ma fête, Hannah ?

Hannah a eu l'air un peu gênée parce qu'elle savait que je n'étais pas invitée, mais elle a quand même répondu oui.

— Il y aura un groupe de musique. Et un cochon grillé.

Même Thomas avait l'air intéressé. Je savais qu'Imogen n'en parlait que pour m'embêter. Et ça marchait.

— Je ne trouve pas que ce soit poli de parler d'une fête devant ceux qui ne sont pas invités, ai-je dit.

— Désolée que ça ne soit pas possible, Chloé. Papa m'a dit que je n'avais le droit qu'à cinquante invités.

— Je ne parlais pas de moi, mais de Thomas.

Imogen a battu des paupières, surprise. Personne n'invitait jamais de garçons.

— Tu as invité des garçons ? lui ai-je demandé d'un air innocent.

Elle a fait non de la tête. Je pense qu'elle a soudain compris que cela lui donnait l'air d'un bébé. Elle se la joue adulte et tout, mais elle n'a pas vraiment d'amis garçons.

— Moi, si je fais une fête, je les inviterai aussi, ai-je déclaré.

Il y a eu un silence. Thomas s'est mis à étudier l'énoncé du problème de maths avec attention. Je me suis sentie piquer un fard. Je n'avais pas voulu le mettre dans l'embarras, juste rabattre son caquet à Imogen. Mais, d'un seul coup, tout s'était légèrement compliqué. Il n'y avait plus seulement le problème de la date ou l'état de la maison qui m'inquiétait. Désormais, j'avais peur de devoir inviter des garçons comme je venais de l'annoncer. J'avais sincèrement envie de faire venir Oliver et Thomas parce que je les aime bien et qu'ils sont sympas avec moi. L'autre jour, Thomas m'a raconté une blague qui m'a fait tellement rire que j'ai ronflé comme un cochon, ce qui a fait pouffer Oliver, et on est partis dans un fou rire à n'en plus finir. J'ai vu Imogen m'envoyer des regards glaçants après ça, comme si je n'avais pas le droit d'être copine avec des garçons. Donc, j'ai envie de les inviter, mais ça m'étonnerait qu'ils viennent parce qu'ils vont trouver ça bizarre qu'une fille les invite à sa fête, et tout le monde va dire que je veux sortir avec eux. Ce qui est faux.

Si je voulais sortir avec l'un d'entre eux, ce serait Thomas.

Ce serait bien plus simple si j'invitais juste quelques personnes à la patinoire puis à la pizzeria. Emily, Tamsin, Marguerite et peut-être Hattie et Hannah. La pizzeria est un bon choix parce que les parents des autres ont tendance à arriver à ce moment-là, et ils boivent de la bière et du vin à un bout de la table et parlent fort et nous laissent tranquilles, ce qui veut dire qu'on peut rester plus longtemps et commander encore des bonnes choses et des boissons pétillantes.

Quand même, je préférerais une grande fête.

La chambre de Marguerite/La chambre d'amis

La chambre de Marguerite est plus grande que la mienne, mais ça ne me dérange pas. Elle a un immense miroir dont elle se sert BEAUCOUP. Elle travaille sa danse classique devant. Elle s'entraîne aussi à chanter. Elle essaie différentes tenues – une fois, je l'ai même surprise à s'entraîner à pleurer devant la glace. Elle m'a dit qu'elle répétait pour une pièce, mais je crois qu'elle voulait juste voir à quoi elle ressemble avec des larmes.

Quand elle sera grande, elle veut devenir opticienne. Ou danseuse. Ou une informaticienne qui fait des choses utiles, ou avocate comme Maman. Même si Maman dit qu'avocat est le pire métier du monde, Marguerite ne la croit pas tout à fait.

On a vue sur le jardin de derrière depuis la chambre de Marguerite, et on peut aussi apercevoir celui de M. Coleman. M. Coleman est notre voisin le plus proche et Justin et Gavin sont nos voisins-de-l'autre-côté. Nous allons dans la chambre de Marguerite quand nous voulons voir ce qui se passe derrière, et dans la mienne quand nous voulons voir ce qui se passe devant. C'est pratique, notre arrangement.

Nous nous disputons de temps en temps, bien sûr. Marguerite regarde les séries dans n'importe quel ordre, ce qui me rend folle parce qu'on est censé commencer au début et regarder dans l'ordre, faute de quoi ça n'a plus aucun sens et on voit des spoilers.

Elle dit que je prends tout ça trop au sérieux, alors que c'est elle qui ne le prend pas assez au sérieux ! Marguerite et moi avons aussi une éternelle dispute pour savoir à qui appartient Millie Cracra. Millie Cracra est une poupée de chiffon borgne qui appartenait à Maman, et Maman me l'a donnée quand j'étais toute petite. Marguerite dit que Maman la lui a donnée à elle, et c'est n'importe quoi puisque j'avais DÉJÀ Millie Cracra quand Marguerite est née, donc comment Maman pourrait-elle la lui avoir donnée ? J'ai posé la question à Maman, qui m'a répondu qu'elle ne se rappelait pas l'avoir donnée à l'une ni à l'autre, qu'elle avait mal au crâne et que si nous ne cessions pas de nous battre pour cette poupée, elle allait la confisquer. Maintenant, nous alternons une semaine sur deux, mais parfois Marguerite la garde plus longtemps parce que j'oublie, et quand je veux la garder aussi pour compenser, Marguerite vient me la voler et la dispute recommence. Sans bruit, au cas où Maman viendrait nous la confisquer.

Marguerite est persuadée qu'il y a un fantôme dans la maison. Elle pense qu'il vit dans la chambre d'amis la plupart du temps, mais que parfois il se réveille et se promène dans l'escalier la nuit en gémissant et en faisant tinter des chaînes. Je lui dis toujours que ce sont des bêtises, pourtant il m'arrive d'avoir un frisson quand je passe devant la chambre d'amis. C'est totalement sa faute, parce qu'elle m'a mis ces idées en tête.

La chambre d'amis se trouve juste en dessous de celle de Marguerite. Même si bien sûr les fantômes n'existent pas, cette pièce semble parfaite pour être hantée. L'ambiance y est lugubre, le parquet y grince encore plus qu'ailleurs dans la maison. Le radiateur gémit et claque et n'arrive pas à réchauffer l'atmosphère; j'ai dit à Marguerite que c'était ça qu'elle entendait quand elle croyait entendre le « fantôme », mais elle ne me croit pas.

La chambre d'amis est petite, située au premier étage, à côté de la grande salle de bains, et sa fenêtre donne sur le jardin de derrière. L'essentiel de la lumière est bloqué par un gros arbre juste devant. C'est la chambre de Mamie Jeanne quand elle dort chez nous. Quand elle est là, la chambre devient chaleureuse et douillette et nous aimons y aller. Mais quand il n'y a personne, nous n'y mettons pas les pieds.

En tout cas, il n'y a pas de fantôme.

L'école des laitiers

Cette nuit-là, dans mon lit, je pense à Imogen et à sa méchanceté. Je trouve que l'école serait parfaite si seulement elle n'était pas là. Ou si elle décidait tout à coup de devenir gentille, mais c'est à peu près aussi vraisemblable que Papa tondant la pelouse. Tout irait bien s'il n'y avait pas Imogen. Et si la Porte d'Entrée s'ouvrait quand on veut. Et si je pouvais retrouver Sylvia l'escargote, qui est toujours introuvable. Mon petit réveil à aiguilles lumineuses indiquait 4 h 47 quand j'ai entendu un bruit dehors. Juste un petit cliquetis. J'ai su tout de suite ce que c'était. J'ai sauté de mon lit et couru à la fenêtre. Dans la rue, j'ai vu le toit blanc de la camionnette de Cara, pâle dans la nuit.

Je me suis précipitée en bas le plus silencieusement possible. J'ai entendu Papa ronfler au premier, mais Maman a le sommeil léger et se lève parfois dans la nuit.

Je n'ai même pas essayé d'ouvrir la Porte d'Entrée : j'ai ouvert la fenêtre du salon et bondi sur le perron, au moment même où Cara posait nos bouteilles de lait. Elle a sauté en l'air et serré les mains sur son cœur, mais au moins cette fois elle n'a pas crié.

— Chloé ! Il faut que tu arrêtes de faire ça. Tu as failli me causer une crise cardiaque !

— Pardon. Je vous ai entendue et j'étais réveillée, alors je me suis dit que j'allais venir vous dire bonjour.

— Tu m'as entendue ?

— Oui.

— Soit tu as une ouïe exceptionnelle, soit je perds la main.

— Est-ce que je peux vous accompagner dans votre camionnette ?

Elle s'est massé le menton en réfléchissant.

— Tu as parlé à tes parents de la dernière fois ?

— Oui, ai-je menti.

— Et ta maman, elle a dit que ça ne posait pas de problème ?

J'ai fait oui de la tête.

— Bon d'accord, monte. Tu me raconteras les dernières nouvelles.

Aussitôt à bord avec Cara, je me suis mise à parler. Je lui ai tout expliqué sur Imogen, sur le fait que je ne pouvais jouer qu'avec Emily parce qu'Imogen était toujours au centre du groupe que j'avais envie de fréquenter. Cara hochait la tête, et me faisait baisser le ton de temps en temps quand je m'échauffais trop et que j'oubliais de chuchoter.

— Pardon. Je crois que je suis trop pipelette pour être une bonne laitière.

— Cela demande des années d'entraînement. C'est plus difficile qu'on ne pourrait le croire, d'apprendre la discrétion. Sais-tu que beaucoup de laitiers et de laitières deviennent bibliothécaires quand ils arrêtent le métier ? Les compétences requises sont à peu près les mêmes. Ne pas faire de bruit et empêcher les autres d'en faire, par exemple.

— Des compétences transférables, ai-je murmuré.

— C'est ça. Des compétences transférables.

Elle m'a de nouveau laissée livrer quelques bouteilles moi-même. Tout le monde dans notre rue ne se fait pas livrer du lait, bien sûr, mais Cara a dû conduire jusqu'au bout afin que M. Thoreau reçoive son jus de pamplemousse. J'ai servi Mme Groves au n° 38, les Jones au 44 et Mme Simpson au 62. Mme Simpson ne commandait qu'une bouteille.

— Juste avant son dernier mariage, c'était deux, a dit Cara. Mais elle est repassée à une.

— J'espère que M. Simpson va bien. Ça fait longtemps que personne ne l'a vu.

Cara a haussé les épaules.

— Une chose qu'on apprend dans ce métier, c'est que les gens, ça va ça vient. Surtout quand ils sont mariés à Mme Simpson.

— Alors, à votre avis, que dois-je faire à propos d'Imogen ?

— J'ai été maltraitée, moi aussi, m'a révélé Cara.

— Vous ?!

— Chut !

— Pardon. Mais vous êtes tellement gentille ! Comment peut-on vous faire ça ?

— Hé, ho ! Tu es gentille, toi aussi, OK ? Si on t'embête, ce n'est pas parce que tu as un problème. N'oublie jamais ça. C'est l'autre qui a un problème.

— D'accord.

Je n'en revenais pas que quelqu'un ait eu le cran de tyranniser Cara, grande et forte comme elle était. Elle pouvait soulever deux caisses de bouteilles à la fois. Mais je n'en ai rien dit. Nous avons dû mettre fin à la conversation car elle allait porter deux bouteilles de demi-écrémé chez les Fletcher.

— Qui est-ce qui vous maltraitait ? lui ai-je demandé à son retour.

Elle a passé la première et redémarré en fredonnant.

— Une idiote. À l'école des laitiers.

— Je ne savais pas qu'il y avait une école des laitiers.

— Bien sûr que si, il y a une école des laitiers. Il y a bien des écoles pour les bouchers et les boulangers, non ?

— Si, ai-je dit même si je n'en étais pas certaine.

Cara a continué.

— Et donc, il y avait une autre fille, là-bas, avec qui je croyais pouvoir devenir amie, parce que nous n'étions pas beaucoup de filles à vouloir livrer du lait, à l'époque. Pas sérieusement.

— Mais elle ne voulait pas être votre amie ?

— Non. Elle voulait être méchante avec moi et me faire de la peine. J'ai mis longtemps à comprendre pourquoi.

— Pourquoi ?

J'ai encore dû attendre la réponse, car Cara et moi avons sauté de la camionnette pour faire des livraisons des deux côtés de la rue.

— Un jour, je suis carrément allée la voir pour lui dire qu'il fallait qu'on parle, m'a expliqué Cara. Je l'ai obligée à venir boire un café avec moi, loin des hommes, loin de la salle de classe.

— Vous aviez une salle de classe ?

— Arrête de me couper la parole. Je l'ai fait asseoir et l'ai forcée à m'expliquer pourquoi elle était méchante avec moi.

— Qu'est-ce qu'elle a dit ?

— Au début, elle a nié. Elle a prétendu que toutes ses injures, c'était juste pour rire. «De la blague», selon elle. Mais quand je lui ai dit ce que ça me faisait, elle a été bouleversée. Quand j'étais seule avec elle, elle était différente. Elle n'avait pas de public pour son numéro. Elle a fini par m'avouer qu'elle avait peur, qu'elle ne se sentait pas à sa place. Elle n'avait jamais été bonne à rien, sauf pour martyriser les gens, et en voyant ma confiance en moi, même dans cet univers d'hommes, elle avait eu peur de moi, alors elle avait commencé à se moquer et à dire des méchancetés pour se défendre.

— Elle vous a dit tout ça?

Je pensais à Imogen, qui aimait s'entourer d'un groupe de filles qui riaient à toutes ses blagues. Avait-elle peur? Pas de moi, quand même?

— Pas avec ces mots-là, a poursuivi Cara en soulevant une caisse de bouteilles sans même qu'elles s'entrechoquent. Mais c'était l'idée. Les tyrans sont tous les mêmes. Ils ont peur. Si tu les affrontes, ils battent en retraite. Souvent, ce sont des gens qui ont été maltraités eux-mêmes, peut-être par leurs parents.

— Et vous croyez qu'Imogen est comme ça?

— Peut-être. (Cara a arrêté la camionnette et en est descendue avant de se retourner vers moi.) Ou alors, c'est juste une sale petite garce.

J'ai plaqué une main sur ma bouche ouverte, stupéfaite et ravie que Cara ait traité Imogen de « garce ».

— Merci pour ton aide aujourd'hui, m'a-t-elle encore dit en me déposant devant la maison. Et pour la conversation. J'espère que ça va s'arranger à l'école.

En rentrant, je me suis préparé un petit déjeuner et je suis restée dans la cuisine silencieuse, à regarder les fleurs sauvages dans le jardin. La Limace a sauté sur mes genoux et s'est laissé caresser pendant un petit moment. Assise là, en mastiquant mes Cheerios, j'ai pris une décision. Quand Maman est descendue, je lui ai dit que je voulais donner une fête même si plein de gens ne pouvaient pas venir. Nous avons rédigé les invitations ensemble, et je lui ai demandé son avis au sujet de Thomas et d'Oliver, et elle a dit que BIEN SÛR je devais les inviter.

Papa est arrivé au moment où je fermais la dernière enveloppe. Il a bâillé et m'a tapoté la tête en venant regarder le jardin avec moi. Il a poussé un soupir d'aise et s'est mis à chanter.

C'est le printemps, joli printemps
Courons dans l'herbe ve-erte
Mais où sont donc passés les oiseaux ?

— Clématite les a mangés, a lâché Maman.

Après le petit déjeuner, nous avons apporté les invitations à l'école et Maman les a distribuées aux autres mamans devant la porte. Je me suis attardée pour la regarder les donner aux mamans d'Oliver et de Thomas, qui ont eu l'air étonnées mais contentes.

Imogen est venue me voir au déjeuner, suivie de Hannah et Sophie qui se disaient des choses à l'oreille en gloussant.

— Alors comme ça, tu as invité Thomas et Oliver à ton anniv? m'a-t-elle lancé.

J'ai senti mes joues s'embraser.

— Oui.

— Tu les aimes bien?

— Oui. Ils ne sont pas méchants avec moi comme *certaines*.

— Ouais, eh bien, je viens de les entendre en parler aux autres garçons et ils trouvent ça bizarre que tu les aies invités.

Elle a pris un air inquiet, comme si elle me délivrait une information importante pour moi, en amie. Mais je suis à peu près sûre qu'elle mentait. Je le voyais à sa tête.

Je n'ai pipé mot.

— Et aussi, Greta ne pourra pas venir. Elle sera au Maroc.

Sur ces mots, elles sont parties. Plus tard, Emily m'a dit qu'elle avait appris de Hattie que Thomas et Oliver n'avaient pas dit qu'ils trouvaient ça bizarre d'être invités, mais que c'était IMOGEN qui le leur avait dit, et qu'ils avaient été gênés seulement après.

Comment sait-elle qui j'ai invité, d'abord? Et qu'est-ce que ça peut lui faire? J'étais tellement en colère que je n'ai pas pu me concentrer sur le travail cet après-midi-là, et Mme Fuller s'est renfrognée quand elle m'a posé une question à laquelle je n'ai pas su répondre. En plus, Thomas et Oliver ne m'ont pas dit un mot. Ils semblaient un peu embarrassés. Cela avait été une erreur de les inviter, j'aurais dû prévoir qu'Imogen allait faire des siennes.

J'étais assez malheureuse en rentrant, mais ensuite Maman m'a rappelé qu'il y avait la kermesse de l'école le lendemain, et ça m'a un peu remonté le moral.

ÉCOLE ÉLÉMENTAIRE ST ANDREWS

RAPPORT DE DÉJEUNER

JOUR : LUN MAR MER JEU VEN

Nom de l'enfant : William D

Classe : Chenilles

Aujourd'hui votre enfant :

- n'a presque rien mangé
- n'a rien mangé

Détails :

William D a eu une « mésaventure » avec son plateau.

Signé :

Mme Gurney

Secrétaire de l'école

Délégué de classe

Plus tard, pendant que Maman préparait le dîner, Papa lui a fait une frayeur en entrant par surprise dans la pièce.

Elle a poussé un cri et lui a donné un petit coup de poing dans le bras.

— Pardon, a-t-il dit en se retenant de rire.

— William D a une grande nouvelle, lui a-t-elle annoncé une fois remise.

— Ah oui ? Quoi donc ?

Mais subitement, William D était trop intimidé pour parler, si bien que c'est Maman qui a dû expliquer qu'il avait été élu représentant au conseil de l'école. Papa a ouvert de grands yeux.

— Oui. Ça m'a étonnée aussi.

— Comment est-ce arrivé ? a demandé Papa à William D.

— Il y a eu un vote, a expliqué William D. Il y a eu trois élèves de notre classe qui ont été votés. Shaynala a eu huit voix, Eliza six voix, et moi cinq voix. Oscar a voté pour moi et aussi tous les William, et George parce que je lui ai donné une carte Pokémon.

— Ça ne fait que dix-neuf voix, a dit Maman. Vous êtes trente dans votre classe.

— Harry et Dylan ont eu trois votes chacun, a expliqué William en comptant sur ses doigts. Zach et Meera, deux chacun, et Léon un, mais seulement parce qu'il a voté pour lui-même alors qu'on n'avait pas le droit.

— Tu as divisé pour mieux régner, a conclu Papa. Bien joué.

— Merci. J'étais le seul William à avoir des voix. J'ai dit à William P que je voterais pour lui mais je ne l'ai pas fait.

Maman espère que ce sera bon pour lui et que cela l'aidera à devenir plus responsable, mais je ne suis pas convaincue. La veille, il était encore rentré de l'école avec un Rapport de déjeuner.

— Une mésaventure? a lu Maman. Qu'est-ce que ça veut dire, ça?

Comme William D se contentait de hausser les épaules, elle a dû appeler l'école pour savoir. Apparemment, William D et Oscar s'amusaient à mettre leurs plateaux sur leur tête et il y a eu pas mal de nourriture renversée.

— Tu sais combien je paie pour la cantine? lui a-t-elle demandé.

— Combien ?

— 72 livres par trimestre.

— C'est beaucoup ?

— 42 pence par jour, ai-je dit.

Je m'en souvenais parce que nous avions fait le calcul en maths quand j'étais en CE2. J'ai une bonne mémoire pour ce genre de choses.

— Bon, vu comme ça, ça ne fait pas beaucoup, a reconnu Maman. Mais il faut que tu commences à manger tes repas, William D. Je ne veux plus voir ces mots.

— Pardon, Maman.

— Oublie les excuses, William D. Pense plutôt à ton tableau à étoiles. Pense à ce Pokémon qui pourrait être à toi.

Kermesse

Le lendemain, c'était la kermesse de l'école. Nous étions surexcités parce que nous avions 5 livres chacun à dépenser, et que nous avions droit à un hot-dog et un soda. Avant de partir, Maman nous a lu la loi anti-émeutes qui permet aux autorités locales de disperser tout rassemblement, parce que nous nous étions mal conduits l'année d'avant.

D'abord, William D avait volé une des noix de coco qu'il fallait faire tomber au chamboule-tout, était parti en courant avec et s'était caché dans les toilettes des filles pour que Papa ne puisse pas l'y suivre. Marguerite était allée dans le château gonflable et en sortant elle avait mis par mégarde les chaussures d'une autre fille. Papa avait disparu et nous avions fini par le retrouver avec ses copains sous la tente de la buvette. Enfin, je m'étais foulé le poignet en tombant d'un tracteur. C'était ma faute parce qu'on n'était pas censé se mettre debout, et Maman avait dû m'emmener à l'infirmerie, ce qui lui avait fait rater les enchères silencieuses, ce qui l'avait empêchée de gagner le massage d'une heure qu'elle convoitait.

— Il est parti pour 7 livres ! s'était-elle lamentée. J'étais prête à payer deux fois plus !

Nous avons tous promis de nous tenir à carreau et avons tendu nos mains ouvertes pour que Maman y dépose cinq lourdes pièces brillantes. William D a aussitôt laissé tomber les siennes, si bien que Maman les a prises dans sa poche pour plus de sûreté. Marguerite et moi avions les petits sacs à main que Mamie Jeanne nous avait rapportés de Venise : nous avons mis nos sous dedans.

Nous avons rejoint Emily et sa mère pour faire le chemin à pied avec elles. William D est parti devant et nous avons foncé à sa poursuite, mais c'est surtout parce que nous avions envie de courir et de sentir le vent sur nos joues. Les jardins devant lesquels nous passions étaient joliment entretenus, avec des parterres débordants de fleurs ; les pelouses étaient tondues, les allées bien déblayées et bien délimitées. Pas comme notre jardin.

Quand nous sommes arrivés à l'école, il crachinait.

— Il pleut toujours pour les kermesses d'école, a constaté Vicky d'un air morose.

Mais nous nous en fichions, et Emily et moi avons couru regarder les stands, les jeux et tout et tout.

Nous avons tenté notre chance au chamboule-tout, à la pêche aux canards et à la tombola, et nous avons sauté dans le château gonflable et fait un tour en tracteur. Enfin, ce n'était pas vraiment un tracteur, juste une tondeuse-tracteur dont on avait retiré les lames, qui tirait une remorque. Nos sous ont été très rapidement dépensés et nous sommes allées trouver Maman en espérant qu'elle nous en redonnerait. Je savais où elle serait : en train de rôder autour des enchères silencieuses. En me voyant, elle m'a fait signe d'approcher.

— J'ai misé sur un iPhone neuf, m'a-t-elle confié à voix basse. Il y en a deux en jeu, et je crois que la plupart des gens n'ont pas compris. Tout le monde enchérit sur le lot 6, mais le lot 12 est le deuxième iPhone et sa feuille d'enchères est un peu cachée.

— C'est toi qui l'as cachée ?

— QUOI ? s'est-elle indignée. Comment peux-tu penser une chose pareille ? C'est pour les bonnes œuvres !

— Pardon. Tu veux que j'aille la mettre bien en vue ?

— Pas besoin, a-t-elle soufflé rapidement. Mais tu pourrais me rendre un service ? William D me rend folle, tu pourrais l'emmener voir le camion de pompiers ?

— D'accord.

Emily et moi sommes donc allées voir le stand des pompiers. Les petits faisaient la queue pour s'asseoir dans le camion et essayer un casque. Une pompière répondait aux questions.

— Non, je n'ai jamais vu personne mourir brûlé.

— Oui, j'ai porté un homme sur mon épaule pour descendre la grande échelle.

— Non, il n'était pas tout nu.

— Oui, j'ai déjà dû scier le toit d'une voiture accidentée.

— Non, je n'ai jamais eu à jeter un bébé par la fenêtre dans les bras de quelqu'un.

William D était presque malade d'excitation quand son tour est venu. Il a bondi sur le marchepied sans aide, a mis le casque et a commencé à toucher les boutons d'un écran d'ordinateur, dans l'habitacle.

— Euh, il est censé faire ça? a demandé Emily.

La pompière a regardé.

— Bah, il ne peut pas faire de dégâts, le camion est en mode sécurité.

William D a continué à presser furieusement les boutons. J'ai essayé de trouver une bonne question.

— Êtes-vous allée à l'école des pompiers? ai-je demandé en pensant à l'école des laitiers de Cara.

— J'ai suivi une formation, oui. Je...

Mais le hurlement d'une sirène l'a interrompue. Elle a fait volte-face, alarmée, et a découvert que William D avait trouvé le moyen de désactiver le mode sécurité et d'allumer les gyrophares et la sirène. Sous nos yeux ébahis, il a tiré sur un cordon suspendu au plafond et déclenché un mugissement de corne de brume qui a fait bondir tout le monde dans la kermesse et trembler les fenêtres de l'école, à cinquante mètres de là. La pompière s'est précipitée pour éteindre. Tout le monde nous regardait. Nos oreilles sifflaient. Je n'avais jamais vu William D si heureux.

— Purée, comment a-t-il fait ça? a demandé la pompière, éberluée.

Sauf qu'elle a dit un mot d'adulte à la place de «purée».

— Il le fait aussi au supermarché, l'ai-je informée. C'est moins bruyant.

Après, comme nous commencions à nous ennuyer, nous sommes retournés voir les enchères silencieuses. Maman tâchait de prendre un air dégagé et évitait de regarder la feuille du lot 12.

— Déjà de retour?

— On a eu notre tour sur le camion de pompiers.

— Ce, euh... ce bruit de sirène?

— Oui?

— C'était William D?

— Oui.

— C'est bien ce que je pensais, a-t-elle soupiré tout en lorgnant une autre maman qui se rapprochait dangereusement du lot 12.

Nous avons retenu notre souffle, puis exhalé quand la dame s'est éloignée. William D a commencé à se plaindre qu'il s'ennuyait. Maman a regardé sa montre.

— Plus que quelques minutes avant la fin des enchères silencieuses. Pas question que j'abandonne mon poste maintenant. On ne va pas rejouer le drame de l'an dernier, a-t-elle dit en me regardant avec aigreur.

William D s'est jeté théâtralement par terre et s'est mis à hurler. Maman a levé les yeux au ciel.

— Où est ton père ? m'a-t-elle demandé.

— À la buvette.

— Je t'en prie, peux-tu aller le chercher et lui demander de ramener William D à la maison ?

— Je ne peux pas entrer dans la buvette, c'est réservé aux adultes.

Maman a gémi.

— D'accord, j'y vais. Toi, tu restes ici et tu gardes le lot 12 à l'œil. Si quelqu'un enchérit, tu surenchéris, OK ? Je le veux, cet iPhone.

— Et aider les orphelins.

— Oui, oui, aider les orphelins, a-t-elle lâché d'un air absent en partant pour la buvette.

Je suis donc restée sur place pour surveiller la feuille. Beaucoup de gens déambulaient maintenant autour des tables, étudiant les mises, et quelques personnes griffonnaient de nouvelles enchères sur les feuilles correspondant à chaque lot. 12 livres pour un repas pour deux à l'Ancre de Marine. 14 livres pour un cours de patinage artistique. Plusieurs ont surenchéri sur le lot 6, l'autre iPhone.

Maman allait l'avoir, son iPhone. J'ai serré les bras autour de mon corps pour ne pas bondir d'excitation. Peut-être qu'elle me laisserait télécharger des jeux.

— Plus que quatre minutes pour placer vos enchères, a annoncé la voix de M. Fowler dans le haut-parleur.

À ces mots, il y a eu un mouvement de foule, des tas de gens se sont précipités, et parmi eux Imogen et sa mère. Oh, non ! J'avais peur. La maman d'Imogen m'a vue et m'a saluée. Imogen m'a décoché son sourire d'amie-ennemie. Comment font les adultes pour ne pas voir quand une fille est méchante avec vous ? C'est énorme, cela emplit la pièce, cette méchanceté, mais les adultes ne s'aperçoivent de rien. Surtout quand c'est leur propre fille, la méchante.

— Tu as misé sur quelque chose, Chloé ? m'a demandé la maman d'Imogen en inspectant les lots et les feuilles d'enchères.

— Pas grand-chose, ai-je répondu après une hésitation.

J'ai tâché de ne pas regarder le lot 12, mais je n'ai pas pu empêcher mes yeux de filer dans sa direction. Imogen a suivi mon regard. Rapide comme un chat, elle a couru jusqu'à la feuille d'enchères à demi cachée et l'a lue. Mon cœur s'est serré.

— Maman ! a-t-elle clamé en me lançant un regard rusé. Presque personne n'a misé sur cet iPhone.

— Ouiiiiiiiiiin ! a hurlé William D, plus fort que la sirène du camion de pompiers.

— Oh, c'est une affaire, a dit la maman d'Imogen. Mais tu as déjà un iPhone, chérie.

J'ai retenu mon souffle.

— Pas pour moi, Maman, pour Casper, a continué Imogen en me souriant avec douceur.

Casper est son petit frère, il est bien trop jeune pour avoir un iPhone. Ce n'était pas juste qu'il en reçoive un alors que Maman en avait très envie mais ne pouvait pas se l'offrir.

— Je vais le lui acheter pour son anniversaire, avec mon argent de poche.

J'ai tourné les yeux vers la buvette, mais je ne voyais pas Maman.

— Comme c'est gentil de ta part, a dit la maman d'Imogen. Bon, où trouver un stylo ?

Il y en avait un sur la table d'à côté, mais elles ne l'avaient pas encore vu. J'ai légèrement soulevé la table, et il a roulé par terre.

— J'en ai un dans mon sac, a dit Imogen en le sortant.

Sa mère l'a pris et a inscrit une somme sur la feuille.

— Plus qu'une minute, a annoncé M. Fowler.

J'aime beaucoup M. Fowler, mais là j'avais vraiment envie qu'il la boucle. J'ai de nouveau scruté la sortie de la buvette. Toujours pas de Maman.

— Je veux ma mamaaaan! s'est époumoné William D, toujours en tas par terre.

Les gens le contournaient. Il y a toujours un gosse en train de hurler en se roulant par terre dans ce genre d'endroits, et c'est généralement William D. Imogen et sa mère sont allées voir les autres lots. Je me suis approchée de la feuille et j'ai vu qu'Imogen avait surenchéri d'une livre. La mise était maintenant de 71 livres. Eh bien, elle n'allait pas s'en tirer comme ça. J'ai plongé sous la table, ramassé le stylo, et inscrit une nouvelle enchère pour le lot 12. 72 livres.

Mais Imogen m'a vue. Elle s'est renfrognée et est revenue. Elle a écrit sur la feuille: 73 livres.

Je l'ai fusillée du regard. Je n'allais pas me laisser marcher sur les pieds. J'ai repris le stylo. 74 livres.

— Plus que trente secondes, a joyeusement clamé M. Fowler. Placez vos dernières enchères !

Franchement, monsieur Fowler, vous ne pouvez pas la fermer ? ai-je pensé.

Imogen a inscrit une nouvelle somme sur la feuille et s'est retournée vers moi, triomphante. J'ai repris mon stylo et je me suis préparée à surenchérir. Mais je me suis arrêtée net : Imogen avait largement augmenté la mise. Je l'ai regardée, choquée.

Elle me souriait avec son petit air supérieur.

— Papa est banquier, tu te rappelles ?

J'ai tourné les yeux vers la buvette. Maman était enfin réapparue et revenait en courant. Papa traînait les pieds derrière elle.

— Dix secondes... a lancé M. Fowler. Neuf... Huit... Sept...

— MAMAAAAAAAAN ! a braillé William D.

Elle n'allait pas y arriver. Imogen était tellement sûre de gagner qu'elle avait rangé son stylo.

— Cinq secondes... quatre... trois...

Le temps a ralenti. Maman a tendu la main. William D hurlait. Imogen ricanait. *Elle ne va pas gagner*, ai-je pensé. Impossible.

Alors, je me suis penchée sur la feuille et j'ai inscrit une nouvelle enchère.

* * *

— 175 livres? a glapi Maman.

— Pardon, ai-je répété, même si je venais déjà de m'excuser un bon paquet de fois.

— L'autre iPhone est parti pour 148 livres!

Nous étions en train de rentrer à pied. William D pleurait toujours. Marguerite avait mal au cœur parce qu'elle avait mangé plusieurs bâtons de barbe à papa. Maman m'en voulait d'avoir dépensé autant d'argent. Seul Papa était de bonne humeur parce qu'il avait bu de la bière. Il marchait derrière nous en chantant une chanson de Katy Perry.

— Ce n'est même pas le dernier modèle, continuait Maman.

— Pardon, ai-je dit une fois de plus.

Elle ne voulait pas comprendre que je ne pouvais pas perdre contre Imogen. Ce n'était pas juste que cette fille soit si méchante avec moi. Ce n'était pas juste que sa famille soit tellement plus riche que nous. J'aurais voulu lui expliquer tout cela, mais elle n'était pas d'humeur à avoir ce genre de conversation.

— Enfin, bon, c'est pour les orphelins.

Maman a soupiré.

— Je sais que tu as voulu bien faire, chérie. Mais tu ne peux pas dilapider notre argent comme ça. Tu sais qu'on ne roule pas sur l'or.

Papa s'est mis à entonner à tue-tête *I am a Tiger* de Katty Perry.

Ce n'étaient pas du tout les paroles, mais passons.

— Je vais vomir, a annoncé Marguerite.

Et elle a tenu parole, en plein milieu du trottoir. Saucisse, pain et corn-flakes, le tout teint en rose barbe à papa.

— Oh non, c'est pas vrai ! a éclaté Maman. Ça suffit ! J'en ai ma claque ! Je n'en peux plus. (Elle a pointé un doigt menaçant vers Papa.) Toi, tu prends le relais. Je rentre et je monte m'allonger dans ma chambre.

Sur ce, elle est partie comme une furie.

— Beurk, a fait Papa en regardant le vomi de Marguerite.

William D a cessé de pleurer et nous nous sommes rassemblés autour pour inspecter la chose.

— Pauvre Maman, a dit Marguerite, qui se sentait bien mieux depuis qu'elle avait dégobillé.

— Il faut qu'on fasse quelque chose pour lui remonter le moral, ai-je proposé.

— Je sais, a fait Papa. Essayons d'être parfaits pendant un moment. Deal de Famille ?

— Deal de Famille, ai-je répondu à l'unisson avec Marguerite.

— Je vois du maïs, a ajouté William D en désignant le vomi.

En rentrant, j'ai décidé qu'il valait mieux laisser Maman tranquille et je suis donc montée travailler à mon projet d'écriture. La porte de la chambre des parents était fermée quand je suis passée devant, et j'ai supposé que Maman se reposait à l'intérieur. Je me suis demandé quelle idée géniale allait avoir Papa pour la consoler. Il peut être assez doué pour ça.

La chambre de Papa et Maman

La chambre de mes parents n'est pas terminée. L'essentiel de la maison non plus, mais leur chambre n'est VRAIMENT pas terminée. Pour tout dire, elle n'est même pas commencée. Il y a de grandes taches d'humidité au plafond et le papier peint se décolle par endroits. Papa a trouvé des vieux bouts de moquette et les a posés au sol, mais ce n'est pas très net et on se prend toujours les pieds dedans.

Officiellement, nous ne sommes pas autorisés à entrer dans la chambre des parents, mais cette règle n'est pas appliquée de manière très stricte. William D, par exemple, y entre deux ou trois fois

par nuit pour se plaindre d'une chose ou d'une autre, et il réveille Papa et Maman très tôt.
La chambre a une salle de bains attenante. Elle donne sur l'avant de la maison, comme la mienne. Maman préfère savoir ce qui se passe dans la rue que regarder le jardin. Elle dit qu'il y a deux catégories de personnes dans le monde, celles qui sont « rue » et celles qui sont « jardin ». Elle est « rue », et moi aussi.
Papa est un peu plus jeune que Maman.
L'an prochain, il va fêter un Gros Anniversaire. Marguerite pense que ce sont ses cinquante ans, mais moi je sais qu'il va en avoir quarante.
Papa aime lire. Comme moi. Il a toujours le nez plongé dans un bouquin, même si c'est le chaos absolu dans la maison. Quand l'envie l'en prend, il a des idées de jeux géniales. C'est lui qui a inventé le BOUMball et la chasse au Skink. Même Emily a été impressionnée par la chasse au Skink.
Et puis il y a eu le dimanche où nous avons trouvé, au réveil, un mot au bout de notre lit qui disait :

SUIVEZ LA FICELLE

Et au bout de chacun de nos lits, même celui de Jacob, était attachée une ficelle, et nous avons dû suivre chacun notre longueur de ficelle en l'enroulant à mesure. Nous n'arrêtions pas de nous croiser dans l'escalier, en échangeant des « bonjour » et en riant. Sauf Jacob, qui disait : « c'est débile. » Mais il a continué quand même, et j'ai bien vu que ça lui plaisait. La ficelle montait, descendait, sortait dans le jardin, faisait le tour de la resserre, revenait à travers le rhododendron, entrait par la fenêtre du salon, et chacun de nous a trouvé un cadeau au bout de sa ficelle. J'ai eu un livre qui me faisait envie, Marguerite des Moshi Monsters, William D un Batman à moto et Jacob des crédits de téléphone.

— Pas mal, a-t-il dit.

Quatrième partie

Nuage noir

La maison entière est sous un nuage noir. Vous savez, dans les documentaires, quand on voit un nuage atomique en forme de champignon ? Tout devient très sombre et il reste là très longtemps. Eh bien, notre maison est sous un de ces nuages en ce moment.

Maman est fâchée. Pas seulement parce que nous nous sommes encore mal conduits à la kermesse. Elle m'en veut toujours d'avoir brisé l'assiette avec les empreintes de William D, et aussi d'avoir nourri les chauves-souris. Elle en veut à Marguerite d'avoir utilisé son maquillage sans demander la permission et d'avoir mis du rouge à lèvres sur sa robe préférée. Elle en veut à Jacob de ne pas répondre à ses textos, de boire tout le lait et le jus de fruits puis de remettre les briques vides dans le frigo. Elle en veut à Clématite d'avoir apporté un rat vivant dans la maison puis d'être reparti, complètement indifférent. Elle en veut à La Limace d'avoir mangé une limace puis de l'avoir vomie dans l'entrée.

Elle en veut à Papa d'aller dormir dans la resserre au lieu de ratiboiser le rhododendron.

Et ce matin, elle a trouvé Sylvia sur le rideau de douche de la salle de bains de sa chambre. Il y a eu moult cris stridents. Je l'ai plainte, de s'être retrouvée nez à nez avec un escargot dans sa douche, mais j'étais contente que Sylvia soit saine et sauve. Je l'ai emmenée dehors, je lui ai fait mes adieux et je l'ai relâchée dans les Fourrés.

Ce qui est marrant, c'est que le seul d'entre nous qui ne soit pas dans le pétrin en ce moment, c'est William D : il n'a rapporté aucun mot de l'école cette semaine. Il a même gagné des étoiles sur son tableau.

Mais ce n'est pas Sylvia qui a déclenché l'explosion d'aujourd'hui. C'est moi. Je devine toujours quand Maman est sur le point de craquer. Je le vois venir et je prends toujours grand soin de ne rien dire qui puisse la faire exploser. En général, Marguerite comprend et se montre gentille aussi avec Maman, ou alors elle court se cacher. Et les garçons ? Les garçons sont nuls pour lire dans les pensées de Maman. Papa continue comme si de rien n'était, et William D devient même pire.

Aujourd'hui, nous étions en train de dîner dans la cuisine. Marguerite, William D et moi étions assis à la table ronde en bois, en train de manger du poisson pané. William D poussait des cris perçants et, de temps en temps, donnait un coup de pied à moi ou à Marguerite.

— Aïe ! disions-nous. Arrête, William D.

En temps normal, nous nous serions plaintes à Maman et elle l'aurait changé de place, ou l'aurait grondé. Aujourd'hui, j'ai jugé sage de ne pas l'impliquer, parce qu'elle avait sa tête des mauvais jours.

Papa lisait la rubrique « Incroyable mais vrai » du journal à voix haute, et il était dans ses pattes alors qu'elle s'activait à ranger et à préparer nos casse-croûte pour le lendemain à l'école.

Je voyais que son irritation montait en flèche.

— Alors ce bonhomme, M. Awalayzi, apparemment, il s'est réveillé en pleine nuit. Il a entendu du bruit dans la pièce à côté, il a pris son fusil...

— Mmm, a fait Maman sans desserrer les lèvres.

William D a donné un coup de pied à Marguerite.

— Aïïïe, William D ! Maman...

Mais j'ai secoué la tête en la regardant et elle s'est rappelé qu'il ne fallait pas l'énerver. Je voyais les lobes de Maman blanchir. Pourquoi suis-je la seule à remarquer ces choses-là ?

— ... et donc, il tire dans la jambe de sa femme par erreur, a poursuivi Papa tandis que Maman le bousculait pour atteindre le frigo. Quand les flics sont arrivés, il a dit qu'il l'avait prise pour un cochon sauvage.

— Mmm, a refait Maman.

Elle avait les joues pâles, avec des petites taches rouges. J'ai retenu mon souffle. William D poussait des cris de perroquet. Il a essayé de sortir de table mais je l'ai tenu et j'ai essayé de le faire manger. Les épaules de Maman étaient devenues toutes raides.

— D'après l'article, le type a été relâché après que la police a interrogé sa femme, a continué Papa. M. Awalayzi a déclaré, je cite : « Je leur ai dit que ma femme ressemblait à un cochon et la police a reconnu que c'était vrai, ce qui fait que je suis libre. »

Là-dessus, il s'est mis à rire comme une baleine. Tous les muscles de Maman étaient maintenant crispés. Elle était tendue comme une Pokéball. En général, arrivée à ce stade, elle explose.

— Alors comme ça, c'est marrant ? a-t-elle dit.

— Oui ! a répondu Papa. Oh oui.

— Donc, non seulement cette pauvre femme s'est fait tirer dessus par son mari, un homme à qui elle croyait pouvoir faire CONFIANCE. Mais en plus, le monde entier se moque d'elle à cause de son physique ? Et ça t'amuse ?

Papa a haussé les épaules.

— Bah, je trouvais ça marrant, a-t-il bredouillé.

Je crois qu'il venait de comprendre que Maman était à cran.

Nous attendions tous l'explosion. Le silence complet s'est fait dans la cuisine, à part le tic-tac de la pendule inversée et le bourdonnement du frigo, qui a soudain paru très sonore. Même William D avait cessé de piailler.

Maman s'est remise à préparer les sandwichs. Nous avons poussé un soupir de soulagement.

Alors William D s'est levé et a voulu emporter son assiette. J'ai essayé de l'arrêter et de lui prendre l'assiette des mains, mais après une brève lutte elle a glissé je ne sais comment et s'est fracassée par terre. C'est là que Maman a explosé. Elle a fait volte-face.

— ÇA SUFFIT ! Dans vos chambres ! Il faut que je parle à votre père.

— On ne peut pas plutôt regarder la té... a commencé William D, cependant Marguerite a eu le bon sens de le pousser jusque dans l'escalier.

Je les ai suivis, mais je me suis arrêtée à mi-hauteur des marches pour écouter la dispute. Je les voyais par la porte ouverte ; Papa appuyé au poêle, un peu pâle, et Maman toute rouge, au contraire.

— Je ne peux pas continuer comme ça, a-t-elle dit. William D me rend folle. Il m'a encore échappé au supermarché aujourd'hui. J'ai paniqué et je l'ai cherché partout. Une gentille vieille dame l'a retrouvé pour moi et quand j'ai demandé au petit de la remercier, il lui a tiré la langue et l'a traitée de tête de caca. D'où tient-il ce comportement? a-t-elle demandé en regardant Papa bien en face.

Il a eu un geste d'ignorance.

— Et où est encore fourré Jacob? Il n'est jamais là, il n'appelle pas et il ne répond pas à mes textos.

— Euh... je crois que je l'ai croisé lundi dernier...

— Tu les laisses faire n'importe quoi, John. Je ne peux pas me charger de toute la discipline. J'ai quatre enfants à élever, une maison à tenir et un métier à exercer. Dès que je les laisse sous ta garde, ils mettent un bazar pas possible.

— Je suis d'accord, a dit Papa pour essayer de la calmer. Je pense qu'ils pourraient participer davantage dans la maison.

— Pas seulement les enfants, a rétorqué Maman. Je t'ai demandé cent fois de tailler le rhododendron. Je ne peux pas sortir d'ici sans me retrouver avec des scarabées dans mes collants.

— D'accord, je vais le tailler.

— Non, tu ne le feras pas. Tu dis toujours que tu vas le faire, mais il ne se passe rien. Et tu ne tonds pas la pelouse, et tu ne tailles pas les haies, et tu ne répares pas l'ordinateur, et tu ne remplaces pas la cartouche de toner et tu ne répares pas le portail. Tu ne fais rien de ce que je te demande, mais ce que tu fais le moins, c'est tailler ce... fichu rhododendron !

Il y a eu un silence, pendant lequel Papa a regardé fixement Maman. Elle se fâchait souvent, mais là, c'était autre chose. Rouge tomate, les cheveux en bataille, elle brandissait le doigt dans sa direction.

— Désolé, a balbutié Papa en essayant de la prendre dans ses bras, mais elle l'a repoussé.

— Je me sens prisonnière, a-t-elle dit à mi-voix. Coincée dans une maison avec une porte qui ne s'ouvre pas et une famille qui ne lève pas le petit doigt pour m'aider.

— Va t'allonger. Je vais donner le bain aux enfants et les mettre au lit.

— Ça, j'y compte bien, a tranché Maman.

Elle a pris un magazine et s'en est allée d'un pas décidé dans le salon. Je me suis aplatie contre le mur pour qu'elle ne me voie pas.

— Et n'oublie pas la vaisselle ! a-t-elle crié. Et de nourrir les chats !

— D'accord, chérie.

Papa est sorti de la cuisine, m'a vue et m'a fait sa grimace qui veut dire «je suis dans de sales draps».

Mais je n'ai pas ri. Parce qu'il était vraiment dans de sales draps. Comme nous tous.

Après le bain, nous avons voulu redescendre mais Papa nous a recommandé de laisser Maman un peu tranquille. À la place, nous avons joué à un jeu de son invention qui s'appelle Meurtre dans le noir : c'est un genre de cache-cache, mais lumières éteintes. J'ai compris que Papa avait choisi ce jeu parce qu'il faut ne faire aucun bruit et marcher sur la pointe des pieds. Une personne est l'Assassin, et il doit rôder en silence dans la maison pour trouver les gens et les assassiner. L'Assassiné a le droit de pousser un cri d'avertissement avant de s'allonger sans bruit. Celui qui allume la lumière a perdu.

La pauvre Marguerite était complètement terrifiée, évidemment, à cause du fantôme de la chambre d'amis. On a fait une partie géniale, tout le monde est resté très silencieux et a laissé Maman bien tranquille. Malheureusement, nous avons continué à jouer un peu tard et elle a dû finir par nous crier d'aller au lit, mais c'étaient des cris normaux, comme tous les jours, et je pense que Papa avait bien fait de lui accorder un petit moment de paix et de solitude. Après la partie, nos cœurs battaient à cent à l'heure et nous étions tellement énervés que nous avons mis un temps fou à nous endormir. Marguerite est venue dans ma chambre et a grimpé dans mon lit parce qu'elle avait peur du fantôme.

— Andouille, lui ai-je dit.

Mais en secret j'étais bien contente qu'elle soit là parce qu'on ne sait jamais, s'il y avait vraiment un fantôme ? Et en plus, je m'inquiétais un peu pour Maman. Je déteste quand elle est triste.

Juste au moment où je m'endormais, j'ai entendu Papa dans le jardin.

— SCOU-BIDOU-BIDOU ! SCOU-BIDOU-BIDOU !

Papa

Le lendemain était un lundi. Maman est arrivée dans la cuisine pendant que nous prenions le petit déjeuner. William D s'était levé super tôt et avait réveillé tout le monde. Il était très grognon et très pénible. Je crois que Papa était remonté se coucher après lui avoir allumé la télé. Comme il ne voulait pas venir manger, nous avions dû le traîner jusqu'à la table. Marguerite et moi étions épuisées. Maman portait son tailleur de travail. Elle s'est arrêtée en nous voyant.

— Regardez les poches que vous avez sous les yeux, a-t-elle dit en secouant la tête. Voilà ce qui arrive quand on joue jusqu'à pas d'heure alors qu'on a école le lendemain.

Puis elle a regardé la vaisselle de la veille, que Papa n'avait pas faite. J'ai bondi pour m'en occuper.

— Maman, je veux… a commencé William D, mais elle a levé une main et lui a coupé la parole.

— Je dois être tôt au bureau aujourd'hui. Si vous avez besoin de quoi que ce soit, demandez à Papa. C'est lui qui vous emmènera à l'école.

— Au revoir, Maman, ai-je dit.

— Bonne journée au travail, Maman, a dit William D.

Elle nous a embrassés et elle est partie. Marguerite et moi nous sommes regardées en haussant les épaules. Il était huit heures et quart. Je crois. Ce n'est pas facile à lire, la pendule inversée.

Nous avons terminé le petit déjeuner puis Marguerite et moi avons fait la vaisselle pendant que William D regardait des dessins animés. Papa n'était pas encore levé quand nous avons terminé, si bien que nous sommes aussi allées devant la télé en l'attendant.

Une ÉTERNITÉ plus tard, il est arrivé à la porte de la pièce et nous a regardés d'un air ahuri.

— Vous n'êtes pas à l'école ? s'est-il étonné. Il est 9 heures passées.

— C'est toi qui nous emmènes, ai-je dit.

— Où est Maman ?

— Au boulot.

— Hum.

Il avait clairement oublié qu'il devait s'occuper de nous.

— Bon, fini la télé. Allez vous habiller tout de suite !

— Hé, ho ! a rugi William D quand Marguerite a éteint la télé. C'est moi le chef, dans cette maison !

Dix minutes plus tard, nous étions dans la voiture, en train de foncer vers l'école. Marguerite avait des chaussettes dépareillées, ce qui ne lui plaisait pas du tout. William D avait ses baskets aux pieds parce que nous n'avions pas trouvé ses chaussures d'école. Je n'étais pas coiffée, mais ça ne se voyait pas trop. Nous n'avions pas pris nos casse-croûte. Papa a promis de nous apporter quelque chose plus tard.

— Pourquoi vous ne m'avez pas réveillé ? nous a-t-il demandé en brûlant un feu rouge.

William D était de meilleure humeur depuis que Papa conduisait comme un fou.

— Pourquoi tu n'as pas mis ton réveil ? ai-je rétorqué. Je pensais que tu savais ce que tu faisais.

Nous sommes arrivés sur les chapeaux de roues devant l'école et nous sommes descendus en vitesse. Papa a détaché la ceinture de William D.

— Allez, zou ! nous a-t-il dit.

Nous avons couru vers l'école. J'étais sur le point de rejoindre ma classe quand je me suis soudain rappelé quelque chose. Je me suis arrêtée net. Marguerite, qui était juste derrière moi, m'est rentrée dedans, CRAC !, et William D lui est rentré dedans, PLAF !

— Minute. Qu'est-ce qu'il fait là, William D ? Il ne va pas à cette école.

Donc nous sommes tous ressortis en courant, et j'ai rattrapé Papa de justesse avant qu'il redémarre.

— Qu'est-ce qu'il y a encore ? a-t-il soupiré.

— William D va à une autre école. Il faut que tu l'emmènes à St Andrews.

— Bien vu. Allez, viens, William D.

— Trop nuuul, a commenté ce dernier.

— Pourquoi tu ne m'as rien dit ? lui a demandé Papa en bouclant de nouveau sa ceinture.

— Je croyais que tu savais ce que tu faisais.

— Eh bien non, a-t-il admis en se remettant au volant. Il faut m'aider, d'accord ? Nous avons tous besoin de nous entraider, vu ?

En retournant au pas de course vers l'école, nous avons entendu crisser ses pneus. Parfois je me demande s'il y a des adultes qui savent ce qu'ils font.

Plus tard, en classe, j'étais fatiguée. Je bâillais sans pouvoir m'arrêter. Nous avons fait des groupes de travail pour étudier les sciences et je me suis retrouvée avec Tobias, Hannah et Imogen. Mme Fuller me met souvent avec Tobias parce qu'il a besoin de quelqu'un de bon pour l'aider, mais je ne sais pas pourquoi elle a inclus Imogen dans le groupe. Nous avons confectionné un volcan en argile, et ensuite nous devions mélanger du vinaigre et du bicarbonate de soude pour simuler une éruption. L'odeur du vinaigre m'a rappelé Charlie-du-Fish-and-Chips, et j'ai espéré que Jacob la rappellerait et qu'elle viendrait le chercher vendredi. Le volcan ne voulait pas entrer en éruption parce qu'Imogen avait fait le cratère trop petit et qu'il s'effondrait sur lui-même. Je lui ai dit qu'elle s'y était mal pris, mais elle ne m'a pas écoutée. Elle n'arrêtait pas de me répéter que c'était ma faute parce que je n'avais pas respecté les quantités de vinaigre et de bicarbonate, et que je devrais laisser quelqu'un d'autre essayer. Elle voulait parler d'elle, ou d'Hannah, si bien que j'ai confié la tâche à Tobias, pour qu'il ne se sente pas exclu mais aussi pour embêter Imogen.

Comme Tobias n'avait rien écouté, je lui ai expliqué qu'il devait mélanger les ingrédients et les secouer. Avant que j'aie pu l'arrêter, il s'est versé un sachet de bicarbonate DANS LA BOUCHE et a bu le vinaigre.

La mixture s'est tout de suite mise à mousser et il a ouvert de grands yeux terrifiés. Soudain, il a recraché de la mousse blanche partout sur Imogen, qui a hurlé. Mme Fuller est venue en courant et a emmené Tobias se laver la bouche au-dessus du lavabo pendant qu'Hannah essayait de nettoyer Imogen, qui était furax. Je me sentais mal, pas seulement à cause de ce qui arrivait à Imogen, mais aussi parce que visiblement je n'avais pas assez bien expliqué à Tobias ce qu'il fallait faire. Tout le monde riait, cependant dans le brouhaha j'ai entendu Imogen grommeler quelque chose à Hannah. Je n'ai pas distingué les mots précisément, mais je crois qu'elle parlait de Tobias. Il m'a semblé qu'elle employait un vilain mot.

— Qu'est-ce que tu as dit? ai-je demandé.

— Rien.

— Qu'est-ce qu'elle a dit, Hannah?

Hannah a secoué la tête sans me répondre, pourtant j'ai bien vu qu'elle n'approuvait pas ce qu'avait dit Imogen. Je pense que Mme Fuller s'est doutée de quelque chose en ramenant Tobias, car elle a demandé si tout allait bien.

— Tout va bien, l'a rassurée Imogen.

Je lui ai envoyé un regard noir. J'aurais peut-être dû parler, mais quoi que je puisse dire elle aurait nié en bloc. Et je pense qu'elle savait qu'il n'y avait pas de quoi être fière d'avoir employé ce mot pour parler de Tobias.

Marguerite et moi sommes allées chez Emily après l'école et Papa est arrivé un peu plus tard avec William D, qui n'avait plus qu'une chaussure.

— Impossible de retrouver l'autre, a expliqué Papa. Tu es sûr que tu ne te souviens pas de l'avoir enlevée, William D ?

Celui-ci a haussé les épaules, l'air de ne rien savoir.

Ce soir-là, Papa et Maman ont eu une longue conversation. Je le sais parce que je me suis assise dans l'escalier pour les écouter. Je ne distinguais pas leurs paroles mais Maman a un peu pleuré et Papa a passé un bras autour de ses épaules. Je pense qu'ils se sont réconciliés parce que le lendemain Maman nous a fait lever, nous a préparé le petit déjeuner et nous a emmenés à l'école. J'étais contente qu'elle semble aller mieux, mais du coup, à cause de la dispute, je n'avais pas pu lui parler de la fête. Il y a tant à faire ! Déblayer le jardin, nettoyer la maison, réparer la Porte d'Entrée, organiser un buffet et des jeux. Cela dit, ce n'était peut-être pas à Maman qu'il fallait que je parle.

La solution, c'était peut-être Papa.

Jacob

Le lendemain, un mardi, les choses étaient à peu près revenues à la normale. Maman ne se plaignait plus de nous, mais d'Ellen Downing. Elle était sortie du rhododendron avec une toile d'araignée sur la figure et s'était recoiffée avec ses doigts sur le chemin de l'école. La maman d'Imogen, Ellen, avait volé «à son secours».

— En vieillissant, il faut commencer à songer à se couper les cheveux court, tu ne crois pas, Polly?

Et j'avais vu les joues de Maman virer au rouge.

— Tu ne vois pas comme elle me toise de la tête aux pieds? a demandé Maman à Papa après l'école.

Papa était appuyé au comptoir, avec les livres de cuisine derrière lui et la radio qui bourdonnait en bruit de fond. Maman se déplaçait, sortait le ketchup du frigo pour William D, coupait des légumes pour le repas qu'elle prendrait plus tard avec Papa. Ils buvaient chacun un verre de vin. Moi, je les observais soigneusement pour m'assurer que tout allait bien.

J'adore ces moments où nous sommes tous réunis dans la cuisine, même si en général William D casse l'ambiance en essayant de sortir de table avant d'avoir terminé son repas.

— Ellen ? C'est celle qui est jolie ?

— Ah bon, tu la trouves jolie ? a demandé Maman d'un air pincé.

— Non, s'est hâté de répondre Papa. Pas du tout.

Maman nous a envoyées en haut, Marguerite et moi, voir si Jacob était encore en vie. Nul ne l'avait vu depuis des jours.

— Frappez avant d'entrer, nous a averties Maman. Il ne faut jamais prendre les adolescents par surprise.

Nous avons grimpé au deuxième étage. J'ai frappé et attendu. Pas de réponse.

— Laisse, je vais essayer, a dit Marguerite, qui a frappé aussi.

Toujours rien.

J'ai appuyé sur la poignée et, à notre grande surprise, la porte s'est ouverte. Je ne sais pas pourquoi, j'avais toujours imaginé que ce serait fermé à double tour. L'idée d'entrer là-dedans ne m'avait jamais vraiment traversé l'esprit. Nous entrions dans les autres chambres sans même y penser, mais celle de Jacob était à part. C'était une chambre de garçon adolescent, pleine de choses mystérieuses et d'odeurs étranges.

Nous nous sommes regardées, avons avalé notre salive, et nous sommes entrées.

C'était exactement comme je l'imaginais. Il y avait des vêtements partout par terre, une forte odeur de déodorant et de poudre pour les pieds, plus je ne sais quel parfum viril, mais cela ne masquait pas la puanteur de ses baskets ni celle de ses caleçons sales ou du sandwich au fromage moisi posé sur l'appui de la fenêtre.

— Pouah ! a fait Marguerite en se pinçant le nez.

— Bon, en tout cas il n'est pas là.

À cet instant, nous avons entendu un bourdonnement.

— C'est son téléphone, a dit Marguerite. Il a dû l'oublier.

Mon *Manuel du détective de la nature* mentionne que je dois utiliser mes « capacités d'observation » à tout moment. J'ai donc saisi le téléphone pour observer qui envoyait un SMS.

— C'est Charlie ! ai-je glapi, toute contente.

Sur le téléphone de Jacob, quand quelqu'un envoie un texto, on voit le message apparaître sur l'écran pendant quelques secondes avant qu'il se remette en veille. Si vous voulez le regarder plus longtemps, il faut taper le code secret, mais allez savoir pourquoi, il refusait de nous le donner. Nous connaissons celui de Papa et de Maman parce que c'est le même pour eux deux et que nous les regardons le taper sur leur téléphone trente fois par jour. Marguerite l'a noté sur un Post-it pour ne pas l'oublier.

Mais Jacob n'est pas si bête. Je n'ai donc aperçu le texto qu'un instant avant que l'écran redevienne noir, mais il disait quelque chose comme : « Salut toi, c'était sympa hier soir. À vendredi ? Cx »

— Ouais ! ai-je couiné en donnant un coup de poing en l'air.

Jacob avait dû la rappeler, comme il l'avait promis. Ils étaient sortis ensemble la veille ! Nous allions revoir Charlie.

J'étais sur le point de raconter à Marguerite ce que je venais de lire, lorsqu'il y a eu un bruit dans le cabinet de toilette de Jacob. Une toux ! Il était là, tout compte fait. Nous avons alors entendu la chasse d'eau. Marguerite a poussé un cri étranglé et nous sommes sorties de la chambre à toute vitesse. Là, je me suis rappelé que j'avais toujours le téléphone à la main. Je me suis arrêtée à la porte et suis repartie en courant jusqu'à la table de nuit où je l'ai jeté avant de ressortir à fond de train, juste au moment où la porte du cabinet de toilette s'ouvrait. Marguerite et moi avons dévalé l'escalier en nous attendant à ce que Jacob nous crie dessus, mais il n'avait pas dû nous voir. Inspirée par cette expérience, j'ai décrit la chambre de Jacob pour le projet « Ma maison ».

La chambre de Jacob

Je ne peux pas décrire très précisément la chambre de Jacob parce que personne n'y met jamais les pieds. Parfois, dans l'embrasure de la porte, nous apercevons des vêtements en boule et des chaussures partout par terre, mais c'est à peu près tout. Il y fait toujours sombre parce que Jacob n'ouvre jamais les volets. Il a un cabinet de toilette attenant à sa chambre. Marguerite et moi trouvions que c'était injuste qu'il ait une chambre avec salle de bains mais Maman a dit qu'il fallait la lui laisser parce que personne n'avait envie de partager une salle de bains avec un ado, et vu comme ça, nous avons été d'accord. Sa chambre est celle où nous allons le moins, et Jacob est aussi le membre de la famille que nous voyons le moins. Il se cache quand il est à la maison, et à d'autres moments il n'est tout simplement pas là. Il n'a pas toujours été comme ça. Quand nous habitions à Londres il était très présent et la porte de sa chambre était toujours ouverte. Maman dit qu'il traverse beaucoup de changements. Il me manque.

Il se trouve qu'aujourd'hui je suis entrée dans la chambre de Jacob, et je peux témoigner que c'est odorant. Il y a de la confiture par terre et un caleçon accroché à la tringle à rideaux. C'est bizarre, parce que Jacob est toujours propre et il sent très bon quand il n'est pas dans sa chambre. Il est comme un papillon sortant de son vieux cocon pourri tous les jours. Dans ma maison, comme dans la nature, les apparences peuvent être trompeuses.

J'ai eu encore une surprise dans la chambre de Jacob aujourd'hui. Ça m'a vraiment fait plaisir d'apprendre que mon frère allait ressortir avec Charlie. Nous pensons tous qu'il a fait le bon choix, elle nous plaît beaucoup. Jacob n'est pas toujours très gentil avec ses copines, mais on dirait bien qu'il a enfin appris sa leçon.

Rejet

Quand Maman est venue m'embrasser dans mon lit ce soir-là, je lui ai demandé s'il y avait eu des réponses à mes invitations. Elle a eu un petit temps d'arrêt avant de répondre.

— Emily a dit oui, mais j'en attends encore quelques autres.

Elle a dû voir ma déception car elle s'est dépêchée d'ajouter :

— Je vais passer des coups de fil ce soir. Je m'en occupe, d'accord ?

— D'accord, Maman.

Et si personne ne venait à ma fête ?

En rentrant de l'école mercredi, nous sommes passées devant le *fish and chips*. Marguerite m'a prise par l'épaule pour m'arrêter, le doigt pointé vers l'échoppe.

— Quoi ?

— C'est Charlie, là.

Et c'était vrai. Elle avait les cheveux tirés en chignon dans un horrible filet blanc et elle portait un affreux tee-shirt jaune avec le nom de l'établissement inscrit dessus : « Fish & Chic ».

— Salut, Charlie ! lui a crié Marguerite.

Elle a relevé la tête et nous a fait signe d'entrer.

— Bonjour !

— Tu sors avec Jacob, vendredi ?

Elle en est restée bouche bée.

— Tu n'y vas pas par quatre chemins, toi, hein ? Malheureusement, Jacob ne m'a pas proposé de sortir avec lui vendredi.

— Ah bon, pourquoi ?

Je ne comprenais pas. Nous avions vu le SMS qu'elle lui avait envoyé deux jours plus tôt. Elle voulait le revoir. Il avait bien dû lui répondre.

— Je ne sais pas, m'a répondu Charlie. Il avait peut-être mieux à faire.

— Mais on t'aime bien, nous ! s'est lamentée Marguerite.

— Oh, vous êtes mignonnes. Moi aussi, je vous aime bien, mais on est juste sortis deux soirs ensemble. Parfois ça mène à autre chose, et parfois non.

— Est-ce que tu aimes Jacob ? a demandé Marguerite.

Je l'ai fait taire, parce que c'est très indiscret, mais Charlie a répondu quand même.

— J'aime beaucoup Jacob, il est drôle et gentil. Mais je pense qu'il a peut-être quelques petits problèmes…

— Tu veux parler de ses pieds ?

— Je veux dire qu'il n'a pas l'air de savoir se décider. Il voit une fille différente toutes les semaines.

Puis un client est arrivé et nous avons dû partir. Charlie nous a fait au revoir de la main en souriant.

— Elle nous a reconnues ! s'est exclamée Marguerite.

— Elle est vraiment adorable, ai-je dit. Même avec ce filet immonde sur les cheveux. Qu'est-ce qu'il attend, Jacob ? Pourquoi il ne la choisit pas ?

À la maison, j'ai redemandé à Maman où en étaient les invitations. Elle a posé la main sur mon épaule et m'a dit qu'elle avait passé des coups de fil, mais que des tas de gens lui avaient répondu qu'ils n'étaient pas libres ce jour-là.

— On peut quand même fêter ton anniversaire, a-t-elle ajouté. Simplement, ce sera en plus petit comité.

— Personne ne va venir. Tout le monde sera déjà parti en vacances.

— C'est pour ça qu'Ellen a réagi la première et reporté la fête d'Imogen au samedi d'avant.

— Je pense que je ferais mieux d'annuler. Je préfère aller à la patinoire avec Emily et Marguerite, et Tamsin, peut-être ?

— Tu es sûre ? m'a demandé Maman, l'air triste pour moi. On pourrait peut-être organiser une fête plus tard dans l'été, quand tes amies seront rentrées ?

— D'accord, peut-être.

Une fois qu'elle a été partie, je suis restée couchée dans mon lit. Imogen avait tout gâché, comme je m'y attendais. Je suppose que j'aurais pu m'entêter et faire ma fête quand même, mais il n'y aurait pas eu grand monde, et puis il fallait encore arranger le jardin, et la Porte d'Entrée et le papier peint qui pendouille, et Maman était tellement stressée que je ne me sentais pas de lui demander ça. C'était plus simple d'aller juste à la patinoire : ainsi, je n'avais pas à me préoccuper de savoir qui inviter et qui viendrait ou ne viendrait pas.

Comme ça, je ne risquais pas d'être encore déçue.

Papa-qui-ne-Crie-plus

Cette nuit-là, j'ai mis mon réveil à sonner à 4 heures, puis je suis descendue avec ma couette et j'ai attendu dans le salon que la camionnette de Cara passe dans la rue. Je suis sortie par la fenêtre. Il faisait un peu froid, mais j'avais mes Ugg aux pieds et ma robe de chambre, donc tout allait bien.

— Bonjour, Cara !

— Tiens, ma petite assistante. Tes parents savent que tu es là ?

— Oh, oui !

— Alors, en voiture ! Tu veux papoter ?

— Volontiers.

— Donne-moi d'abord de tes nouvelles, a-t-elle dit en démarrant. Je te raconterai les miennes après.

— Euh, bon, alors, Papa n'a pas encore tondu la pelouse. Mais William D reçoit plein d'étoiles sur son tableau. Ça fait un moment qu'il n'a pas récolté un seul Rapport de déjeuner. Ni d'accident. Maman dit que c'est parce qu'il est délégué de classe et que ça lui apprend le sens des responsabilités.

Là, j'ai dû me taire un petit moment parce que Cara avait arrêté la camionnette pour faire quelques livraisons.

Comme je commençais à avoir un peu de pratique, je savais désormais ce que prenait chacun. Deux pintes pour M. Rogers au n° 41, une pinte et un jus d'orange pour les Guptil au n° 47. Mes conversations avec Cara étaient fréquemment interrompues, car l'une ou l'autre d'entre nous descendait pour aller déposer quelque chose sur un paillasson. Cara se chargeait des numéros pairs, et moi des impairs.

— Et comment ça va avec Imogen ?

Je l'ai mise au courant de la Guerre des Anniversaires. Elle a reniflé avec mépris quand je lui ai raconté les manœuvres d'Imogen.

— Tu sais d'où ça vient, hein ? Elle a peur de toi.

— Non, pas du tout.

— Si, elle a peur, elle pense que tu es plus aimée qu'elle, et plus jolie et plus intelligente et tout ça. C'est pour ça qu'elle te fait des crasses.

— Mais je ne veux pas me battre contre elle, moi !

— Parce que toi, tu es quelqu'un de bien.

Je n'étais pas persuadée qu'elle ait raison, pourtant c'était quand même agréable à entendre.

— Alors choisis une nouvelle date et fais ta fête, m'a conseillé Cara.

— J'ai dit à Maman que je ne voulais plus.

— Dis-lui que tu as changé d'avis, a-t-elle insisté avec fermeté. Après tout, on n'a pas onze ans tous les jours.

— Mmm.

Ensuite, je lui ai parlé de Charlie et du fait que nous ne savions pas si Jacob allait la rappeler.

— C'est la bonne, ai-je affirmé.

— Ah, on ne peut pas dire aux gens avec qui ils devraient être.

— Même quand ça crève les yeux?

— Ça ne les lui crèvera pas, à lui. Crois-moi. Il faut le laisser faire des erreurs tout seul.

J'ai soupiré et je suis descendue de la camionnette. C'était mon tour de faire une livraison, cette fois chez les Duke.

— Seulement un jus d'orange, a dit Cara quand j'ai commencé à prendre les bouteilles.

— Mais ils en boivent deux par jour, sauf le dimanche.

Je le savais déjà avant d'aider Cara. Je le voyais le matin, quand le Papa-qui-Crie sortait en pantoufles et criait :

« VOILÀ, VOILÀ, ÇA VIENT ! PAS LA PEINE DE ME CASSER LES PIEDS ! »

— C'est lui qui voulait deux bouteilles de jus d'orange, m'a dit Cara. Mais il est parti.

— Il… quoi ?

— Ils ont eu une grosse dispute. Il est parti vendredi.

À bien y penser, la rue était effectivement plus calme depuis quelques jours. À part le bruit de nos parties de BOUMball et les « SCOU-BIDOU-BIDOU ! » criés aux chats, bien sûr.

— Il est vraiment parti ? ai-je demandé, déconcertée.

— Eh oui. Je l'ai vu de mes yeux. Il a chargé sa voiture et il a démarré, pile au moment où je terminais ma tournée.

— Il est peut-être simplement allé voir sa mère, ai-je avancé en revenant de la maison de Mme Simpson, où j'avais déposé une unique bouteille de lait.

Il y avait de la lumière à l'étage, et je me suis demandé si M. Simpson était là-haut, en train de lire. Jacob dit que sa femme a dû l'assassiner, comme les deux précédents. Je sais qu'il blague. Enfin, je crois qu'il blague. J'espère que tout va bien pour M. Simpson.

— Sa mère vit à Eastbourne, ai-je ajouté. Je le sais parce qu'il a crié, une fois : « JE VAIS VOIR MA MÈRE À EASTBOURNE ! »

— Chhht ! a fait Cara en riant. Écoute, chérie. Aucun homme n'emporte trois valises pour aller voir sa mère.

— Ah.

— Ni un frigo à bière. Il est parti et bien parti.

Cela m'a attristée. Pas seulement parce que je ne pourrais plus le regarder tranquillement crier contre sa famille le samedi matin. Non, c'était plus que cela. Je n'aime pas le changement. J'aime notre maison, et notre rue, et je veux que cela reste ainsi à jamais.

Et puis, si M. Duke peut partir comme ça, cela veut dire que d'autres le peuvent aussi.

Des gens comme Maman.

Retraite

En rentrant à la maison, j'ai senti une odeur de pain grillé, ce qui ne pouvait signifier qu'une chose : Jacob était là. Il a sauté au plafond quand je suis entrée dans la cuisine. Pourquoi tout le monde était-il si stupéfait de me voir aujourd'hui ? J'avais des cornes qui avaient poussé, ou quoi ?

Pendant qu'il me préparait un toast, je lui ai demandé quand il reverrait Charlie. Il a secoué la tête, l'air soucieux.

— Je crois que ça ne va pas marcher entre nous.

— Quoi ?! me suis-je exclamée, outrée. Elle est formidable ! Mieux que Bella.

Il a haussé les épaules.

— Que veux-tu que je te dise ? Il faut croire que je ne lui plaisais pas trop.

J'ai hoché le menton.

— Ouais, ça doit être ça.

— Hé, ho, a-t-il répliqué, l'air vexé. Qu'est-ce qui te fait croire que c'est le plus probable ?

— Tu as tort de renoncer si facilement. Réaliser ses rêves, c'est du travail avant tout. Tu n'en es qu'au début de l'aventure.

— Toi, tu as encore regardé *Nouvelle Star*, m'a dit Jacob en pointant son bout de toast vers moi.

— Tu me promets de l'appeler pour l'inviter à sortir ?

— Promis.

Il était encore très tôt et je suis remontée dans ma chambre m'asseoir sur l'appui de la fenêtre pour regarder le monde, en m'inquiétant pour le Papa-qui-Crie. Je n'ai pas entendu Maman m'appeler pour le petit déjeuner. Il a fallu qu'elle monte.

— Allez, c'est l'heure, a-t-elle râlé, un peu pâle. Habille-toi et descends manger.

J'ai dû aller faire pipi d'abord, et puis en descendant je me suis rendu compte que j'avais oublié de mettre mon uniforme d'école, et les joues de Maman ont rougi. William D n'arrangeait rien : il était en pleine crise de nerfs parce que nous avions oublié de racheter ses céréales préférées.

— Désolée ! lui a dit Maman d'une voix tranchante. Désolée d'avoir dû cuisiner, faire la vaisselle, t'emmener à l'école, travailler, retourner te chercher à l'école, te conduire au foot et conduire les filles à la danse et tous vous ramener à la maison et refaire la cuisine et la vaisselle. Désolée qu'à cause de tout cela j'aie été un peu pressée pendant le quart d'heure que j'avais pour faire les courses, et désolée d'avoir oublié tes fichues croquettes Captain Haribo.

J'ai bien vu que ce n'était pas le moment de lui expliquer que j'avais encore changé d'avis à propos de mon anniversaire. Cela devrait attendre. Puis Maman a découvert que Jacob avait terminé le jus d'orange ET le lait, et remis les deux bouteilles vides au frigo, une fois de plus.

— Bon, ça suffit, a-t-elle explosé. Réunion de famille. Ici. Tout de suite. Va chercher ton père, Chloé. Et amène Jacob aussi.

J'ai foncé à l'étage et trouvé Papa dans sa salle de bains, en train d'écouter la radio en chantant dans le sèche-cheveux. Je crois qu'en voyant ma tête il a compris qu'il avait intérêt à descendre rapido. Jacob, lui, n'était pas dans sa chambre. Papa lui a envoyé un texto et nous avons découvert qu'il travaillait au garage le matin, en ce moment. Nous étions dans nos petits souliers parce que nous n'avions pas fait grand-chose en réponse à tout ce que Maman nous avait reproché la semaine précédente. J'avais continué à casser des assiettes, Marguerite avait renversé du parfum sur le cardigan préféré de Maman, William D était… bah, William D était William D. Et Papa ?

Il n'avait rien accompli dans le jardin, et il avait aggravé le problème de l'ordinateur : désormais, on ne pouvait même plus l'allumer.

— Puis-je voir l'ordre du jour de cette réunion ? a-t-il réclamé.

— Non. J'allais garder ça pour ce soir, mais au fond vous avez peut-être besoin de l'entendre maintenant. Puisque personne dans cette maison ne prête attention à moi, et puisque personne dans cette maison ne met la main à la pâte, même quand je l'ai demandé mille fois, j'ai décidé que si je ne pouvais pas vous vaincre, j'allais vous imiter. Je ne vais rien faire non plus. Pendant une semaine.

— Quoi, même pas la cuisine ? ai-je dit.

La vérité, c'est que Papa, s'il est très fort en spaghettis carbonara et pas trop mauvais en spaghettis bolognaise, ne sait rien cuisiner d'autre. J'ai beau aimer les spaghettis, je ne tenais pas à en manger chaque soir.

— Je ne vais pas faire la cuisine, ni le ménage, ni le bain, ni les lits, ni nourrir les chats. Et pour être certaine de ne pas céder à la tentation, je ne serai même pas là.

Nous l'avons regardée avec des yeux ronds.

— Où seras-tu ? lui a demandé Papa.

— Je vais faire une retraite. Il y a un moment que j'y pense. Eh bien, voilà, je vais le faire. J'ai posé des congés pour la première semaine des vacances. J'ai trouvé un petit coin dans les bois où je vais apprendre la méditation, manger cru et recharger mon yin. Et mon yang.

— Mais qui va s'occuper de nous ? a voulu savoir William D.

— Ton père. Il va cuisiner, faire le ménage, et la vaisselle, et le repassage…

— Euh, attends une minute…

— … et vous donner votre bain et vous lire des histoires le soir et nourrir les chats et s'excuser auprès de M. Coleman quand celui-ci viendra se plaindre, et les mille autres tâches que j'assume ici.

— Tu passeras nous voir de temps en temps ? ai-je demandé, inquiète.

— Pas de visites, pas de coups de fil, pas de SMS, pas d'Internet. (Maman a dû voir que je faisais une drôle de tête, car elle m'a pris la main.) Ce n'est que pour une semaine, et ça nous fera du bien à tous.

— Mais, mon travail ? a protesté Papa.

— Débrouille-toi. Travaille à la maison, prends des jours de congé, fais-toi porter pâle.

Il y a eu un silence, le temps que nous digérions l'information. Nous avons regardé Maman, qui avait l'air sérieuse comme un pape ; nous avons regardé Papa, qui a dégluti avec effort.

Puis Maman s'est levée, a saisi sa tasse, et a dit :

— Vous allez tous terriblement me manquer, mais plus j'y pense et plus je suis sûre que c'est la bonne décision. Vous allez devoir vous secouer. Mon absence est le seul moyen de vous forcer à agir. Je vous jette dans le grand bain. La séance est levée.

Mon anniversaire n'était décidément plus au programme.

Cinquième partie

Taffetas

On a sonné à la porte. Comme nous étions vendredi, cela ne pouvait vouloir dire qu'une chose ! Marguerite et moi avons échangé un regard joyeux.

— Charlie ! avons-nous crié.

— Il l'a rappelée, finalement ! ai-je ajouté.

Ensemble, nous avons couru jusqu'à la Porte d'Entrée. Nous l'avons même atteinte avant William D, pour une fois, mais il nous a bousculées pour soulever le rabat de la fente à courrier.

— *Heeey, Sexy Lady ! Woup-woup, Gangnam-Style !* a-t-il braillé.

— Euh, bonjour, avons-nous entendu dehors.

— Chut, William D, ai-je dit.

Marguerite et moi avons tiré sur la Porte d'Entrée, qui n'a pas cédé. Marguerite a alors poussé William D sur le côté.

— Elle est encore coincée ! a-t-elle crié à travers la fente. Passe par la fenêtre !

J'ai couru au salon, ouvert la fenêtre et sorti la tête.

— Salut, Charlie ! ai-je lancé, mais je suis restée la bouche ouverte.

Ce n'était pas Charlie. C'était une autre fille. Une blonde trop maquillée en mini, mini, minijupe. Sa chevelure était énorme et assez emmêlée, en fait. Elle aurait eu besoin d'un coup de peigne.

— C'est qui, Charlie ?

— Pardon, ai-je dit, gênée. Qu'est-ce que tu fais là ?

Elle a fait une drôle de tête.

— J'ai rencard avec Jacob.

Je n'en revenais pas. Comment était-ce possible ? Qui était cette fille ? Et Charlie, alors ? Nous l'aimions tous beaucoup, et je n'avais aucune envie qu'une nouvelle se pointe et la pousse du canapé.

Bon, mais je pouvais quand même lui laisser une chance.

— La porte est coincée, lui ai-je expliqué. Tu peux entrer par la fenêtre, ou faire le tour.

C'était là le vrai test, évidemment.

— Je vais attendre ici, a-t-elle répondu froidement.

Cela m'a un peu étonnée. Personne n'avait jamais réagi ainsi.

— Il va mettre un temps fou, l'ai-je avertie. Comme toujours. Entre, on te donnera un verre d'eau.

— Wouah, merci, a-t-elle lâché sans enthousiasme. Je vais faire le tour.

— Attention, il y a un rhododendron. Tu risques de te retrouver avec des feuilles dans les cheveux, mais ça ne dérange pas Jacob.

— Je sors de chez le coiffeur ! s'est-elle impatientée.

— Ah bon ? ai-je fait, sincèrement étonnée. Dans ce cas, mieux vaut que tu entres par la fenêtre. On a un miroir et je peux t'apporter une brosse, si tu veux.

La fille a pris un air grognon et s'est penchée pour grimper à l'intérieur. Ça a été un vrai massacre, je peux vous le dire. William D a poussé de gros soupirs. Marguerite a tâché de rester impassible, et j'ai essayé de me rendre utile en tirant la jupe de la fille vers le bas au cas où Papa entrerait dans la pièce. Mais c'est Maman qui est arrivée, pas Papa.

— Bonjour, lui a-t-elle dit. Alors, vous êtes laquelle ?

— Tabitha, a répondu la fille comme si Maman était censée être au courant.

— Bonjour, Tabitha, je suis la maman de Jacob. Désolée pour la porte coincée. C'est pénible de devoir traverser ce rhododendron, hein ?

— Je suis passée par la fenêtre, a répondu Tabitha en reniflant.

Maman a regardé ses cheveux ébouriffés.

— Ah bon ? C'est que… J'avais cru…

— Je peux t'offrir à boire ? ai-je proposé.

— Non, merci, a rétorqué la fille sans même me regarder.

J'ai donné un coup de coude à Marguerite et hoché le menton : je l'encourage à parler davantage dans ce genre de situations. Marguerite a consulté le calepin dans lequel elle avait préparé des questions.

— As-tu des compétences transférables ? a-t-elle demandé.

— Quoi ? Il en a encore pour longtemps, Jacob ?

— Je vais le chercher ! a beuglé William en se ruant vers l'escalier.

— Non, moi ! Moi ! Tu y es allé la dernière fois ! a crié Marguerite en s'élançant derrière lui et en essayant de le tirer en arrière.

Ils sont montés en se bagarrant et en faisant un raffut de tous les diables. Maman, Tabitha et moi sommes restées quelques instants à nous regarder avec embarras.

— Bon, a finalement dit Maman, je te laisse aux bons soins de Chloé. Ne monopolise pas Jacob trop longtemps, d'accord ? Ha, ha.

— Au revoir, a lâché Tabitha.

— Tu es au lycée ? me suis-je enquise.

— Oui.

J'ai attendu qu'elle ajoute quelque chose. Mais elle n'a pas rouvert la bouche, elle s'est contentée de regarder les tableaux et les livres sur les étagères.

— Et tu as un job ? ai-je continué.

— Non.

C'était laborieux. Pour parler comme dans *Nouvelle Star*, je doutais que Tabitha se qualifie pour le théâtre, sans parler du Prime Time. Dans le silence qui a suivi, nous avons entendu William D et Marguerite crier plus fort l'un que l'autre pour annoncer sa présence à Jacob.

— Y a une fille en bas…

— … elle s'appelle Taffetas…

— … et elle a une culotte noire…

— … elle est malpolie…

— … et elle a les cheveux en pétard…

J'ai adressé un sourire gêné à Tabitha. Elle ne me l'a pas retourné, et il m'a semblé que Jacob mettait une éternité à descendre. Cette fois, la Porte d'Entrée n'a pas voulu s'ouvrir pour lui : je pense que Tabitha ne lui plaisait pas plus qu'à nous. La fille a dû repasser par la fenêtre, même si, depuis l'arrivée de Jacob, elle s'était mise à sourire, à glousser et à faire semblant de trouver ça très amusant.

Elle ne nous a pas dit au revoir. Après leur départ, nous nous sommes tous regardés. J'ai secoué la tête.

— C'est non pour moi, je le crains, a déclaré William D.

— Peut-être qu'elle est juste timide, a suggéré Marguerite.

Marguerite voit toujours le meilleur chez les gens, mais il était clair qu'elle ne le pensait pas vraiment, cette fois.

— Je veux Charlie ! ai-je clamé.

— Moi aussi, a dit Marguerite.

— Moi aussi aussi, a renchéri William D.

— AHH ! a crié Maman dans la cuisine. John ! Arrête de me surprendre comme ça !

Il s'est mis à pleuvoir ce soir-là, et cela continuait le lendemain matin quand je me suis réveillée. J'ai écouté les gouttes tambouriner contre ma fenêtre. C'était le samedi que j'avais initialement prévu pour ma fête. Le temps pluvieux m'a fait un peu moins regretter qu'elle n'ait pas lieu : ç'aurait été nul si nous n'avions pas pu sortir. Mais j'étais aussi un peu déçue parce qu'Emily devait venir jouer au BOUMball.

Pendant le petit déjeuner, Maman a reçu un coup de fil.

— Tiens, bonjour, Ellen, a-t-elle dit d'un air étonné (la mère d'Imogen n'appelle jamais). Non, ma chère. Désolée, mais nous n'avons pas de barnum.

Je me suis soudain rappelé que c'était le jour de la fête d'Imogen. Maman a fait une grimace très drôle au téléphone et j'ai pouffé de rire.

— Je sais, chérie ! (Elle n'appelle jamais personne « chérie », sauf quand elle est ironique.) Quelle malchance, nous avons eu tellement beau temps jusqu'à maintenant ! Et le jour de la fête, en plus. Oui, oui. Non, je suis sûre que vous aurez un temps superbe à La Barbade.

Puis elle a raccroché et s'est tournée vers moi, la bouche ouverte.

— Quel culot, celle-là ! M'appeler pour voir si nous avons un barnum, alors que tu n'es même pas invitée à la fête d'Imogen !

C'est mal de se réjouir que la fête de quelqu'un d'autre soit gâchée, mais je n'ai pas pu m'en empêcher.

Papa est descendu en clopinant et en gémissant.

— Qu'est-ce qu'il y a, Papa ?

— Je me suis coincé le dos.

— C'est ma faute, a dit Maman d'un air penaud. Je lui ai peut-être causé une petite frayeur sans le faire exprès.

— Tu l'as fait exprès !

— Exprès sans le faire exprès, a confirmé Maman. C'est que… tu le fais tout le temps avec moi.

— Mais pas exprès ! a protesté Papa. Elle s'est cachée dans le placard, m'a-t-il expliqué. Et quand je suis sorti de la salle de bains, elle m'a sauté dessus en hurlant « SCOU-BIDOU-BIDOU !!! ».

— Je n'ai rien trouvé d'autre, s'est justifiée Maman en tâchant de ne pas sourire.

— Alors j'ai glissé, et je me suis fait mal au dos.

J'ai ri, moi aussi.

— Pardon, John, a dit Maman. J'oublie toujours que tu as presque quarante ans. Tes réflexes ne sont plus ce qu'ils étaient.

— Ça n'a rien à voir avec l'âge, a répondu Papa en s'asseyant prudemment. Ça a à voir avec le fait d'être terrifié par sa femme.

C'était bon de les voir revenus à la normale. Si tant est que quelque chose dans cette maison puisse être qualifié de « normal ».

Bref, à cause du mal de dos de Papa, et de la pluie, et parce que Maman s'en allait pour une semaine, nous avons décidé de passer un week-end tranquille en famille à la maison. Jacob était introuvable, ce qui était embêtant parce que je voulais lui demander comment ça s'était passé avec Tabitha. J'ai travaillé à mon projet d'écriture et nous avons joué aux Experts et Maman a emmené William D à la boutique de jouets pour lui acheter un Pokémon parce qu'il n'est pas revenu avec des Rapports de déjeuner depuis des lustres, ni de Rapports d'accident, d'ailleurs.

Dimanche, le temps s'est un peu amélioré. Marguerite et moi avons emporté des coussins dans le pavillon d'été, que nous avons transformé en QG de l'Agence des Vrais Détectives. Une idée géniale, parce qu'elle m'a empêchée pendant un moment de m'inquiéter à propos de mon anniversaire, du Papa-qui-Crie et du départ de Maman.

Mais je n'ai pas très bien dormi dans la nuit de dimanche, parce que mes inquiétudes étaient revenues.

Joyeux anniversaire

La dernière semaine d'école a passé à toute vitesse. Le lundi, j'ai rendu mon projet d'écriture. C'était le dernier devoir de l'année. Mme Fuller m'a dit qu'elle se faisait une joie de le lire. Alors que je partais pour le réfectoire, je me suis arrêtée et je suis retournée la voir.

— Tiens, Chloé, s'est-elle étonnée. Tout va bien ?

— Oui. C'est juste que… à propos de mon devoir…

— Eh bien ?

— Pensez-vous que je pourrais en avoir une copie ? J'aimerais le montrer à quelqu'un d'autre.

Mme Fuller a souri, hoché la tête, et après la pause déjeuner elle a posé sur mon bureau une grosse enveloppe qui contenait un paquet de photocopies toutes fraîches.

Ensuite, nous n'avons pas fait grand-chose pendant les deux derniers jours et j'ai réussi à éviter Imogen. J'aurais risqué de lui crier dessus si je l'avais croisée de trop près.

Nous avons fêté mon anniversaire le premier samedi des vacances. À mon réveil, il y avait des tas de cadeaux au pied de mon lit, comme à Noël. Je pense que Maman devait guetter le moment car, peu après, tout le monde a déboulé dans ma chambre pour me faire des gros câlins, et William D m'a aidée à ouvrir mes cadeaux – j'entends par là qu'il les a ouverts pour moi, mais ça ne me dérangeait pas. Nous avons eu des pancakes pour le petit déjeuner, c'est ce que je préfère. Plus tard, nous sommes allés à la patinoire. J'ai bien aimé la partie patinage, mais dans l'ensemble la journée a été un peu en dents de scie. Disons qu'il y a eu du positif et du négatif. Comme je refusais d'utiliser le pingouin en plastique qui aide à se tenir debout, je suis tombée environ cinquante fois et je me suis retrouvée avec des bleus plein les fesses. Un point négatif. Nous avions déposé William D chez Mamie Jeanne pour la journée parce que Maman était terrifiée de ce qu'il pourrait inventer dans une patinoire. C'était une très bonne idée : il y avait tellement de monde qu'il serait devenu fou. Donc son absence était un point positif. Nous avons joué à un jeu super qui impliquait de constituer une grande farandole, puis nous avons fait des danses de cow-boys, ce qui était hilarant. Nous avons pris une pause smoothies et Emily a ri tellement fort que du smoothie bleu lui est remonté par le nez, et cela a été le meilleur instant de la journée.

Tout se passait à merveille jusqu'au moment où Tamsin a essayé de sauter par-dessus un cône orange, est tombée et s'est foulé le poignet. Ça, c'était un point négatif. Avec le recul, ce n'était peut-être pas une bonne idée de l'emmener patiner. Quand elle s'est fait mal, elle est devenue toute blanche, a cessé de sourire un instant et a dit : «Alors ? Hein ? Hein ?» à voix très basse. Donc, il a fallu que nous allions à l'hôpital. Plusieurs infirmières connaissaient déjà Tamsin. Nous avons passé des heures dans la salle d'attente des urgences, en jouant chacun notre tour sur les téléphones de Papa et de Maman jusqu'à ce qu'ils n'aient plus de batterie. Un autre point négatif.

Les infirmières ont mis le bras de Tamsin en écharpe, et après ça, comme elle allait nettement mieux, nous sommes allés chez Pizza Express, et nous avons composé nos pizzas nous-mêmes, et les adultes sont venus boire du vin au bout de la table et nous sommes restés HYPER LONGTEMPS là-bas, et on s'est bien amusés, et ça a été un bon moment. Mais par en dessous, je continuais de m'inquiéter à propos de Maman et de sa retraite. J'ai entendu les adultes en parler.

— Ça m'a l'air FANTASTIQUE, a dit Vicky Bellamy. Exactement ce qu'il te faut.

— Moi aussi, j'aimerais bien m'échapper un peu, a soupiré la maman de Tamsin.

— Bienvenue au club, a ajouté son Papa.

Le nôtre, de Papa, n'a rien dit, mais il avait l'air un peu soucieux. Maman partait le lendemain. Clairement un point négatif.

J'ai tout oublié quand Jacob est arrivé. Il a été très drôle et est venu s'asseoir avec nous plutôt qu'avec les adultes, ce que j'ai trouvé vraiment chouette de sa part. Il m'a offert un livre qu'il avait acheté avec ses sous, et je me suis pendue à son cou. J'adore avoir un grand frère. Gros point positif.

Dans l'ensemble, ça a été un bon anniversaire. Mais une fête aurait été mieux. J'aurais dû écouter Cara et demander à Maman d'organiser ça pour plus tard. On n'a pas onze ans tous les jours, après tout.

C'est à ce moment-là qu'un plan diabolique a commencé à germer dans ma tête.

Dimanche

— NE PARS PAS ! hurlait William D.

Cramponné à la jambe de Maman, il se laissait traîner sur le trottoir.

— Oh, chéri, c'est juste pour quelques jours.

Maman affichait une attitude sérieuse et efficace. Elle s'est baissée pour le relever, mais William D ne l'a pas lâchée. Moi-même, je m'efforçais de ne pas faire d'histoires. Je voyais bien qu'en réalité Maman aussi était bouleversée, et je ne voulais pas en rajouter. J'ai essayé de me rappeler ce qu'avait dit Papa. Que c'était important pour elle. Qu'elle avait besoin de passer un peu de temps seule, et que nous-mêmes avions besoin de passer du temps sans elle pour apprendre à faire marcher le lave-linge.

Il a décroché William D, toujours hurlant, de la jambe de Maman, et l'a serré fort. M. Coleman a sorti la tête à sa fenêtre et nous a foudroyés du regard. Il était encore tôt. D'habitude, nous ne le réveillons qu'une ou deux heures plus tard.

Maman nous a fait un gros câlin, à Marguerite et à moi. Elle m'a chuchoté «je t'aime» à l'oreille. Puis elle a embrassé Papa, qui a dit :

— Ne t'inquiète pas, va.

— Je vais m'inquiéter à chaque seconde, a-t-elle répliqué.

Ensuite elle a presque couru jusqu'à la voiture et elle est partie. Il m'a semblé qu'elle pleurait, mais je n'en suis pas sûre car elle cachait son visage.

Papa avait prévu des tas d'activités pour nous occuper toute la journée. Nous sommes allés au parc avec Emily et Tamsin et leurs mamans. Nous avons joué au base-ball, ce qui a été très marrant, sauf quand William D attrapait la balle et partait avec en courant. Même quand il était batteur, il lâchait sa batte pour attraper la balle et partir avec.

Ensuite, nous sommes rentrés et nous avons joué à la chasse au Skink, ce qui n'est possible que dans notre jardin à cause de la hauteur de l'herbe : le Skink doit pouvoir se cacher. Marguerite s'est fait piquer par une bestiole et pendant que Papa cherchait quelque chose à mettre sur la piqûre Tamsin a grimpé dans le pommier et est restée coincée à cause de son bras en écharpe. Il a donc fallu aller la chercher, et on a bien ri.

Plus tard, nous avons emporté des couvertures et des coussins au fond du jardin et nous nous sommes frayé un chemin dans les Fourrés jusqu'au pavillon d'été. Tamsin est encore montée sur le toit, mais elle n'est pas tombée chez le voisin, cette fois.

— C'est notre cabane secrète, a dit Emily. On peut s'y cacher de ton papa idiot.

— Il n'est pas idiot, ai-je protesté.

Emily se montre un peu malpolie, parfois.

— Il ne fait jamais le ménage, il ne va presque jamais au travail, et il ne sait cuisiner qu'une chose, les spaghettis carbonara.

Je voulais lui dire de se taire, mais Marguerite m'a prise de vitesse.

— Papa n'est pas idiot !

Elle s'est levée, les poings sur les hanches, devant nos yeux ébahis. C'est rare qu'elle se mette en colère.

— Il est drôle, et intelligent, et en réalité il travaille beaucoup ! (Elle s'est tue un moment, en posant un regard noir sur Emily, avant de conclure :) Et J'ADORE les spaghettis carbonara.

Emily s'est tenue à carreau après cela. Je pense qu'elle a compris qu'elle avait été bête de dire des méchancetés sur notre père. J'étais un peu surprise que Marguerite ait explosé ainsi. D'habitude, elle a peur de son ombre, alors j'étais fière qu'elle ait défendu Papa.

Mais cette conversation sur les papas m'a fait penser à Maman, et à sa retraite. J'étais triste, et du coup je me suis remise à réfléchir à mon idée pour tout arranger. Mon Plan Diabolique. J'étais en train de me demander si je devais en parler à Emily et à Marguerite lorsque Tamsin est retombée de l'autre côté du mur. Nous avons dû aller la chercher sans être repérées par M. Coleman. Avec tout ça, j'ai décidé de ne pas parler aux autres de mon Plan Diabolique. De toute manière, il n'est pas encore au point. Emily et Tamsin sont restées dîner et Papa a chanté une chanson «Emily Bellamy» sur l'air de «Libérééééé, délivréééée» dans *La Reine des neiges.*

Emily, Bellamyyy
Tu viens manger des spaghettis,
Emily, Bellamyyy,
Tu les aimes tant, mes spaghettis,
Je n'ai paaas
De paaaain à l'ail,
Ne m'en veux paaaaas...
De toute manière ce n'est pas si bon pour toiiiii...

Comme d'habitude, elle l'a juste regardé d'un œil critique, mais ça n'a pas découragé Papa.

En fait, nous n'avions pas plus de spaghettis que de pain à l'ail, si bien que Papa nous a confectionné une « pizza expérimentale » garnie de sauce bolognaise. C'était un peu bizarre, surtout à cause des gros morceaux de carotte, mais nous étions tellement affamés que nous l'avons dévorée. Emily est ensuite rentrée chez elle, et avant Marguerite l'a serrée dans ses bras pour lui montrer que tout allait bien. Papa nous a autorisées à regarder un DVD pendant qu'il roupillait sur le canapé. Nous avons bavardé pendant tout le film.

— Tout à l'heure, j'ai eu peur que tu dises quelque chose de méchant à Emily sur son père, ai-je confié à Marguerite.

— J'en avais envie. Mais ça n'aurait pas été sympa.

— Je suis très fière de toi.

— Elle n'aurait pas dû dire ça sur Papa.

Nous l'avons regardé, ronflant sur le canapé, les pieds posés sur la table basse. Maman ne le laisse pas faire ça quand elle est là. Marguerite s'est blottie contre lui et lui a enfoncé un doigt entre les côtes pour qu'il arrête de ronfler. Puis elle est allée se coucher et je suis restée devant le DVD jusqu'à ce que Jacob rentre et nous envoie tous au lit.

Bref, dans l'ensemble, la journée a été bonne.

Mais elle aurait été encore meilleure si Maman avait été là.

Lundi

C'était le premier jour des vacances après le week-end, c'est-à-dire le vrai début des vacances, à mon avis. Comme d'habitude, je me suis réveillée la première et je suis allée m'asseoir à la fenêtre. Il faisait gris, et le carreau était mouillé de pluie. Personne ne passait dans la rue. Tout était plus calme en l'absence du Papa-qui-Crie. J'ai entendu William D se lever peu après, aller dans la chambre de Papa et commencer à geindre qu'il voulait descendre regarder la télé. Papa n'avait pas dû dormir beaucoup, car il s'est énervé très vite.

— Très bien, a-t-il grogné en descendant allumer la télé.

Ensuite, j'ai entendu des Pokémon dans la salle de jeux, et l'odeur du café a monté l'escalier. Je suis restée là pendant un temps fou, à contempler le monde, avant de comprendre soudain que j'allais devoir m'occuper moi-même de mon petit déjeuner. Maman n'allait pas m'appeler, et cela me manquait. J'ai pensé à elle, détendue et heureuse dans sa retraite, et cela m'a un peu consolée. J'ai tiré Marguerite de son lit, et nous sommes descendues en chemise de nuit.

— Bon, a annoncé Papa à table. Je suis un peu coincé aujourd'hui. Rien à faire, je vais devoir passer quelques heures au bureau, à Londres.

— Qui va nous garder? ai-je demandé. On peut aller chez Emily?

— Non, ils vont chez les grands-parents aujourd'hui. J'ai essayé d'appeler des tas de gens, mais tout le monde est parti.

— Et Jacob? a dit Marguerite.

— Il ne décroche pas son téléphone.

— Tu lui as envoyé un texto pour lui demander s'il pouvait nous garder?

— Oui, pourquoi?

— Une erreur de débutant. Il «perd» toujours son téléphone quand on lui demande un service.

— Ah. C'est fou tout ce que j'apprends déjà, a-t-il déclaré avec un grand sérieux.

— Alors, qu'est-ce que tu vas faire?

— Je ne vois qu'une solution. Je vous emmène à Londres.

— YESSSSS! a clamé William D en se mettant debout sur sa chaise pour lever les deux poings.

Il a fallu un petit moment pour que tout le monde soit prêt. Chaque fois que nous étions sur le point de partir, Papa remarquait quelque chose qui n'allait pas. Nous étions sur le trottoir lorsque nous nous sommes rendu compte que William D n'avait pas de chaussures.

— On ne peut pas aller à Londres pieds nus, a dit Papa. Chapitre I du *Manuel des parents parfaits*.

Puis il a fallu que chacun prenne une petite laine, puis un imperméable. J'ai fait remarquer que nous n'avions rien pour nous occuper dans le train, si bien que nous sommes rentrés chercher des albums de coloriage et des livres. Il a fallu y retourner une fois encore pour laisser à manger aux chats. Nous avons bien failli rater le train.

Et le train était NOIR DE MONDE. Nous n'allons pas souvent à Londres, mais quand nous y allons c'est généralement le week-end et il n'y a personne. Parfois, nous prenons même un wagon pour nous tout seuls, surtout quand William D est particulièrement en forme. Ce jour-là, on aurait dit que tous les habitants de Weyford avaient décidé de monter précisément dans ce train-là. Il n'y avait pas de places assises, ce qui a scandalisé William D. Nous avons dû rester debout pendant tout le trajet. Beaucoup de gens parlaient très fort de travail dans leur portable, et d'autres tapotaient leurs écrans. Une dame faisait défiler des tableaux Excel en scrutant des colonnes de chiffres minuscules. J'ai frémi. Personne ne parlait à son voisin.

— Dites à Karen d'attendre que je sois là ! criait dans son téléphone un gros homme à la face rouge. Ne la laissez SURTOUT PAS parler au client.

— Excusez-moi, lui a dit William D en tirant sur sa jambe de pantalon. Vous m'énervez vraiment beaucoup.

Mais le bonhomme n'a pas eu l'air de le remarquer. Pour ma part, j'essayais de lire mon livre, mais je n'avais pas de place, mes jambes se fatiguaient et William D a commencé à rouspéter avant même que nous ayons atteint la gare suivante. Marguerite et moi, nous nous sommes regardées.

— Je ne veux pas prendre le train de banlieue tous les matins quand je serai grande, a-t-elle déclaré.

— Moi non plus.

Nous avons fini par atteindre la gare Waterloo, à Londres, qui faisait un peu peur. Elle était bien plus animée que pendant le week-end. Des pigeons passaient au-dessus de nos têtes et un homme a failli me renverser avec sa valise à roulettes. Marguerite et William D agrippaient chacun une des mains de Papa, et comme il n'en a que deux j'ai dû marcher derrière eux. Papa nous a emmenés dans le métro, qui était encore plus encombré, sale et bruyant.

William D a adoré prendre le «tube», mais même lui a eu un peu peur quand, dans un virage, les lumières se sont éteintes. Les roues grinçaient et, en frottant contre les rails, soulevaient des étincelles éclairant le wagon d'une lueur fantomatique. Puis nous avons dû attendre une éternité qu'un ascenseur nous ramène au niveau de la rue. Tout le monde était très grand et très grognon. Papa nous a guidés lentement sur le trottoir où nous avons croisé des taxis noirs, des bus rouges et des cyclistes fous, jusqu'à ce que nous arrivions à son bureau.

Comme nous avions mis un certain temps à faire le chemin, Papa a dû se dépêcher d'entrer en réunion et nous a confiés à un certain Nick, qui travaillait à l'accueil. Il avait un piercing dans le nez et un tatouage. William D m'a tirée par la manche et l'a montré du doigt.

— Trop nuuul, a-t-il chuchoté très fort.

— Tais-toi, William D.

— C'est quoi, ton métier? a demandé Marguerite à Nick.

— Je sers du thé aux gens et je vais sur Facebook.

Il nous a proposé du chocolat chaud et nous a permis de jouer sur son ordinateur. Puis nous avons joué au Rodéo sur chaise, où l'on fait tourner quelqu'un sur une chaise pivotante jusqu'à ce qu'il tombe et se cogne dans quelque chose. Papa est sorti de sa réunion au bout d'un petit moment et il est allé nous acheter des sandwichs, que nous avons mangés dans une autre salle de réunion. Les informaticiens ont beaucoup de réunions. Nick est venu manger avec nous et je lui ai posé plein de questions.

— Ça te plaît de travailler dans l'informatique ?

— Non, m'a-t-il répondu. Je déteste les ordinateurs.

— Sauf Facebook.

— Sauf Facebook, a-t-il admis.

— Je crois que Papa n'aime pas tellement les ordis non plus.

— Pour être franc, Chloé, a dit Nick en se penchant vers moi, je pense que personne, ici, n'aime les ordis. C'est juste un boulot.

Pauvre Papa, ai-je pensé, *devoir prendre le train pour faire un travail qui ne lui plaît pas.* L'heure de partir est enfin arrivée. Nous avons dit au revoir à Nick, qui s'était bien amusé avec nous, je crois.

— Ça change de passer ses journées sur Facebook, a-t-il reconnu, et Papa a ri parce qu'il a cru que c'était une blague.

Nick m'a fait un clin d'œil pour me montrer que ce n'en était pas une. Parfois, la meilleure manière de faire passer une vérité en douce, c'est de faire croire qu'on plaisante.

Nous sommes arrivés en avance à Waterloo et, cette fois, nous avons eu des places assises. Nous étions à côté des toilettes et nos sièges étaient des strapontins. Je crois que quelques adultes montés après nous étaient plutôt mécontents de voir leurs sièges occupés par des enfants, mais nous étions CREVÉS, alors on s'en fichait. William D a eu un trajet difficile. Il n'arrêtait pas de se lever pour regarder quelque chose, puis il oubliait que son siège se relevait tout seul, se rasseyait et se retrouvait les fesses par terre. Ça n'a été drôle que la première fois. J'ai dû l'emmener deux fois aux toilettes, et comme nous avions oublié d'appuyer sur le bouton qui verrouille la porte, quelqu'un l'a ouverte et elle s'est écartée lentement pour révéler William D debout sur la cuvette en train de faire pipi.

— VOUS PERMETTEZ? a-t-il crié, et nous avons tous ri.

Mais après, il a commencé à être fatigué, grognon, affamé, et Papa n'a pas réussi à le calmer, et il est tombé sur les genoux d'un voyageur et a renversé son café, et ça, ça n'a pas été très marrant.

— Je veux descendre de ce train tout de suite, a râlé William D.

— Tout le monde voudrait que tu descendes tout de suite, a répliqué le propriétaire du café renversé.

Je pense que Jacob avait dû passer à la maison en notre absence, car la cuisine était propre et rangée quand nous sommes rentrés. Ça n'a pas duré longtemps. Papa nous a ENCORE fait de la « pizza expérimentale », ce qui consistait à étaler une base de sauce tomate, ajouter ce qui se trouvait dans le frigo et noyer le tout sous le fromage. Comme nous étions morts de faim, nous avons trouvé ça très bon, sauf les oignons au vinaigre, mais c'est ce qu'il y a de bien avec la pizza expérimentale : il suffit de retirer les ingrédients qu'on n'aime pas. Après, Papa nous a laissés regarder la télé parce que nous étions épuisés.

— Vous savez quoi ? Je crois bien qu'on va y arriver, a-t-il dit.

— On n'aura pas à retourner à Londres ? ai-je demandé.

— Non, je n'y retourne plus avant la semaine prochaine. Je vais devoir travailler ici demain, mais je me demandais si on ne pouvait pas faire une petite sortie sympa mercredi.

— Au parc d'attractions ? À la piscine ?

— Euh... non, je voulais juste parler du Brico Mégastore.

— Ah, bon.

— Pardon, tu n'es pas trop déçue, j'espère ? Je me disais que ce serait bien d'acheter un peu de matériel pour le jardin.

— Pas du tout. En fait, j'espérais qu'on irait au rayon jardinage.

Il n'a pas eu l'air de me croire, mais j'étais sérieuse. Cela collait parfaitement avec mon Plan Diabolique.

Cette nuit-là, j'ai rêvé que Maman venait me faire un gros câlin et m'embrasser.

« Tu me manques, m'a dit ma maman de Rêve.

— Toi aussi », ai-je répondu.

Mardi

Il y avait des taches sur la table. De grandes taches violettes. Aucun d'entre nous ne savait d'où elles venaient ni qui les avait faites. William D avait l'air un peu coupable, mais comme c'est souvent son cas, nous n'étions pas plus avancés.

— Où Maman range-t-elle les produits d'entretien ? a demandé Papa en regardant sous l'évier.

— Dans le placard sous l'escalier, ai-je dit.

Nous sommes allés chercher quelque chose pour retirer les taches. Il y avait beaucoup de flacons là-dedans.

— Eau de javel, liquide à vitres, produit W-C, nettoyant multisurface, cire, spray pour le bois, désinfectant, a lu Papa en les soulevant un à un. C'est donc là que passe tout notre argent.

— Maman aime avoir le bon produit pour chaque chose.

— Je crois que c'est un TOC.

— Non, elle les achète à l'hypermarché.

Les taches ne sont pas parties, même avec le Détachant Spécial Chêne Nouvelle Formule Améliorée.

— Ce n'est peut-être pas du chêne, a hasardé Papa. Est-ce qu'on a du Détachant Spécial Teck ?

Mais comme nous n'en avions pas, Papa a décidé d'avancer d'une journée notre excursion au Brico Mégastore.

— Après tout, ça fait un temps fou qu'on n'y est pas allés, a-t-il souligné.

Au magasin, il nous a dit de garder William D à l'œil pendant qu'il allait voir les nettoyants pour le bois.

— Et qu'il n'approche pas de l'ascenseur ! a-t-il précisé.

La dernière fois, William D y était resté coincé pendant vingt minutes.

Nous sommes allés au rayon peinture et j'ai choisi du Torrent Discret tandis que Marguerite reprenait du Lilas.

— Salut, Chloé ! m'a lancé quelqu'un.

C'était Hannah.

— Tiens, salut. Je te croyais en vacances.

— On est juste allés camper pour le week-end. Papa et Maman font de la déco cette semaine.

Ses parents discutaient de peintures sophistiquées avec un vendeur à l'expression morne. Hannah les a regardés, puis a levé les yeux au ciel. Elle avait l'air de s'ennuyer encore plus que le vendeur.

— Ah. Imogen m'avait dit que tout le monde serait en vacances, et que c'était pour ça qu'elle avait fait sa fête en avance.

— Moi, je suis là. Et Sophie aussi.

J'ai dégluti.

— Est-ce que tu... Si j'organisais une fête, pas ce samedi mais le suivant, tu viendrais?

— Bien sûr! Et Sophie aussi, j'en suis sûre. Si elle est invitée.

J'ai fait oui de la tête sans pouvoir m'empêcher de sourire. Le Plan Diabolique prenait forme.

— Où est William D? a demandé Papa en arrivant soudain.

J'ai jeté des regards frénétiques autour de moi: pas de William D.

— Qu'est-ce qu'il est sournois!

— Comme une poignée de porte, a complété Marguerite. Où peut-il être?

— L'ascenseur! s'est écrié Papa.

Nous sommes partis en courant comme des fous. En atteignant l'ascenseur, nous avons entendu un sifflement strident, semblable à l'alarme du supermarché quand William D appuie sur le gros bouton rouge. Un homme en polo Brico Mégastore essayait de voir à travers la porte vitrée de l'ascenseur, qui était apparemment arrêté entre deux étages.

— Appuie sur le bouton et maintiens-le enfoncé, a-t-il crié, sans obtenir de réponse. Tiens bon, je vais chercher la clé d'urgence.

Il a disparu, et Papa s'est avancé.

— William D ? Tu m'entends ?

Toujours pas de réponse. Le temps que l'homme revienne, nous commencions à être très inquiets. Il a enfoncé sa clé dans un panneau sur le côté de la cage d'ascenseur et l'a tournée. La cabine est descendue très lentement. C'était un de ces ascenseurs spéciaux pour handicapés, qui ne sont qu'une sorte de plate-forme sans murs ni toit.

— Je t'avais dit de le garder à l'œil, m'a grondée Papa.

— C'est ce que j'ai fait, mais...

L'ascenseur est arrivé et l'employé a ouvert les portes. La cabine était vide.

— Hein ? Quoi ? Comment ? a fait Papa, bouche bée.

L'homme à la clé avait l'air surpris, lui aussi.

— Comment est-il arrivé là-haut sans que personne n'appuie sur le bouton ? a-t-il demandé.

Nous avons alors entendu un cri venu d'au-dessus, de la mezzanine où sont exposés les meubles.

— Ouais ! braillait William D en sautant sur un lit. Les affaires reprennent !

Opération Napalm

Apparemment, quand l'ascenseur s'était arrêté entre deux étages, William D avait grimpé sur la rampe et, grâce à l'absence de toit, avait réussi à passer par-dessus la porte ; là, une gentille dame l'avait aidé à redescendre. Elle lui avait demandé où était sa maman et il était parti en courant. Il ne fait vraiment QUE des bêtises, celui-là ! Papa était tellement furax qu'il n'a acheté de bonbons pour personne, si bien que Marguerite et moi nous sommes fâchées aussi, et nous nous sommes disputées dans la voiture et nous sommes allées nous enfermer dans nos chambres en rentrant. Papa n'avait acheté qu'une pelle neuve et une scie pour couper des branches. Je ne pensais pas que cela suffirait pour déblayer les Fourrés, mais je n'ai rien dit. L'expédition était un désastre.

Bon, plus tard, Papa s'est excusé et a reconnu qu'il n'aurait pas dû nous charger de William D, et a aussi dit qu'il était désolé de nous avoir crié dessus, et il nous a donné des bonbons qu'il avait trouvés dans le placard et qui étaient encore mangeables, bien que périmés depuis un an.

Après le déjeuner, nous avons enfilé nos tenues de jardinage et nous sommes sortis pour lancer l'opération jardin. Ou Opération Napalm, comme l'appelle Papa. Il nous a dit de mettre des vêtements que nous n'avions pas peur d'abîmer. C'était une première étape nécessaire à mon Plan Diabolique. Nous nous sommes rassemblés dans les hautes herbes juste devant la porte de la cuisine pour contempler la jungle. L'herbe m'arrivait à la taille, et aux dessous-de-bras de Marguerite.

Papa portait une combinaison intégrale rouge vif que nous n'avions jamais vue. William D avait sur le dos un vieux pyjama.

— Tu tiens vraiment à t'habiller comme ça? lui a demandé Marguerite. Tu es censé porter quelque chose que tu te fiches de déchirer ou de salir.

— Je le déteste, ce pyjama. Je veux le déchirer ET le salir.

Elle-même portait la tenue qu'elle mettait pour peindre son mur avec les échantillons lilas : un vieux bas de survêtement et un sweat-shirt qui m'avait appartenu avant. Chaque fois qu'un de mes vêtements devenait trop petit pour moi, il était proposé à Marguerite avant de partir pour la boutique de charité. Elle refusait toujours poliment, en prétendant que c'était parce que les orphelins avaient plus besoin qu'elle de mes jeans déchirés et tachés de graisse. Elle avait pris le sweat parce qu'elle savait que c'était mon préféré et qu'elle ne voulait pas me vexer. Au début, j'avais eu peur qu'elle mette de la peinture partout dessus, mais elle est très soigneuse et il était encore impeccable. Pour ma part, j'arborais le tee-shirt Bri-Tech et un jean dans lequel je commençais à être serrée. J'avais aussi des bottes en caoutchouc et une paire de gants de jardinage. Nous étions parés. Il était temps de mettre à exécution la première partie de mon Plan Diabolique.

William D a fait quelques pas dans les hautes herbes et a aussitôt disparu. Tous les arbustes, qui avaient beaucoup trop poussé, s'étouffaient mutuellement. Des pousses s'enroulaient autour des branches d'arbres et les orties avaient envahi les parterres à côté de la clôture. Une rose rouge esseulée dépassait du fouillis, tendue vers le soleil tel un arbre de la forêt vierge.

Nous ne pouvions même pas voir jusqu'au jardin n° 2.

Papa a baissé les yeux vers ses pieds.

— On n'avait pas une terrasse, avant ? Je suis sûr qu'il y en avait une par ici quand on nous a fait visiter la maison. Ils l'ont peut-être démontée en partant.

Marguerite, à genoux, arrachait des herbes.

— Non, elle est encore là, a-t-elle constaté. Elle est juste recouverte.

— Bien, bon, alors c'est la première tâche, a décidé Papa. Nous allons reconquérir la terrasse. Inutile de nous aventurer trop loin le premier jour.

— Maman veut qu'on s'occupe en priorité du rhododendron.

— Maman est bourrée de qualités, a-t-il répliqué, mais elle n'a rien d'un jardinier. L'extérieur, c'est mon domaine.

— D'accord, ai-je fait, pas convaincue.

J'ai tourné les yeux vers le potager de Maman, la seule zone du jardin bien entretenue, mais je n'ai rien dit pour ne pas dégonfler l'enthousiasme de Papa.

— Ça va nous prendre, quoi… une demi-heure, pour dégager la terrasse ? a-t-il continué. Puis on avancera le long de la maison, en dégageant tout sur notre passage jusqu'au rhododendron, et on fera une pause pour le dîner. On pourrait même manger dehors, sur notre nouvelle terrasse !

— Oh oui, s'il te plaît, a supplié Marguerite.

Je n'étais pas persuadée que ce soit réaliste au niveau du temps.

— Je suis sûr qu'il y a une table à pique-nique quelque part, a-t-il ajouté. Peut-être dans la resserre.

Il est parti dans cette direction en piétinant les hautes herbes.

— Papa ! On ne devrait pas dégager la terrasse avant de chercher la table ?

— Commencez sans moi, j'arrive ! a-t-il crié sans se retourner.

Nous nous sommes regardées en haussant les épaules. J'ai empoigné mon déplantoir et je me suis baissée. C'était dur d'atteindre les herbes entre les dalles avec cet outil. J'ai fini par laisser tomber le déplantoir pour les arracher à la main, en tirant dessus, mais elles étaient solidement enracinées sous les dalles, et simplement trop nombreuses. Marguerite les coupait une par une.

— Je crois qu'il faut que les racines viennent avec, lui ai-je dit.

— Mais comment faire ?

— Je ne sais pas.

— On a besoin de Papa.

Nous avons relevé la tête mais ne l'avons pas vu revenir.

Puis, comme il commençait à pleuvoir, nous sommes rentrées.

Nous n'avons pas fait grand-chose de plus dans le jardin, sauf que Papa a retrouvé la table à pique-nique. Le principal problème, à part la pluie, est qu'elle était en dessous de plein d'autres trucs dans la resserre. Papa a décidé qu'il devait ranger la resserre d'abord, si bien qu'il s'est absorbé dans cette tâche et n'a pas fait grand-chose d'autre non plus. Marguerite et moi avons encore dégagé quelques dalles quand la pluie a cessé, mais là, une ombre m'est tombée dessus et j'ai relevé la tête. William D se tenait devant moi, un immense sourire aux lèvres, intégralement recouvert de gadoue. Son pyjama était déchiqueté et, quand il s'est retourné pour bien tout me montrer, j'ai vu qu'il avait une limace écrasée dans le dos.

— Qu'est-ce que tu as fait, William D ? s'est écriée Marguerite, horrifiée.

Il a haussé les épaules.

— Du jardinage.

Le temps de le faire rentrer et de nettoyer la boue qu'il avait apportée dans la maison, il s'était remis à pleuvoir. Je suis restée devant la porte ouverte de la cuisine, à regarder la pluie tomber sur les hautes herbes et les buissons sauvages. En temps normal, j'aime bien l'odeur de la pluie sur le jardin, mais là, non.

Je regrettais de ne pas avoir avancé autant que je l'espérais.

Une bonne conversation

Ce soir-là, Papa m'a laissée veiller un peu plus tard que les autres. Nous aimons tous les deux regarder *Enquêtes réelles* et Papa trouve Marguerite trop jeune pour cette émission. Ça ne l'a pas dérangée, du moment qu'elle pouvait en profiter pour répéter sa danse classique devant la glace. Elle ne travaille pas beaucoup, en réalité, elle se contente surtout de faire des moues, d'essayer diverses tenues et de se maquiller avec des produits « empruntés » dans la chambre de Maman.

— Dis-moi, m'a glissé Papa au bout d'un petit moment. Comment... ça se passe ?

— Quoi donc ?

— Tu sais bien. L'école, les amies, tout ça.

D'habitude, Papa ne pose pas ce genre de questions. Ce n'est pas qu'il s'en fiche, c'est juste qu'il a la tête dans les nuages.

— C'est Maman qui t'a dit de me demander ça ?

— Oui, a-t-il reconnu, mais ça m'intéresse.

J'ai haussé les épaules.

— Parfois, l'école me plaît vraiment. Mais d'autres fois...

Et là, tout est sorti comme un torrent. Combien Imogen était horrible, et ce qu'elle me faisait ressentir. Qu'elle me gâchait le plaisir de l'école, et que je ne savais pas quoi y faire.

— Oh, Chloé, je suis désolé pour toi. Tu n'en as pas parlé à Maman ?

J'ai fait non de la tête.

— Je ne veux pas qu'elle s'inquiète pour moi. Elle a déjà assez de soucis.

Papa s'est rapproché de moi pour m'entourer de son bras. Il sentait la pizza et l'after-shave, et je me suis blottie contre lui en fermant les yeux.

— Tu peux parler de tout avec Maman ou avec moi, à n'importe quel moment, a-t-il dit, et sa voix grave a résonné contre mon torse. Tu veux que j'appelle l'école demain pour en parler ?

— Non.

— Pourquoi ? Parce que tu as peur qu'on te traite de cafteuse ?

— Non, parce que ce sont les vacances et que l'école est fermée.

— Ah, oui !

— Et puis, ça changera peut-être en sixième.

— Sans doute, a-t-il grogné. On y veillera. Ça va s'arranger.

Alors, j'ai eu envie de parler d'autre chose.

— Papa. Le métier d'avocate, c'est une compétence transférable ?

— Oui, absolument. Tu peux faire des... des trucs d'avocat partout dans le monde, en théorie.

— Merci, ai-je dit même si ce n'était pas la réponse que j'espérais.

J'ai enchaîné avec une nouvelle question : je voulais continuer à le faire parler pour ne pas avoir à monter.

— Et toi, tu aimes ton travail ?

Il a marqué une pause avant de répondre.

— Pourquoi tu me demandes ça ?

— Hier, au bureau, tu avais l'air crevé et triste quand tu es sorti de la première réunion et que tu as dû aller à la seconde. Et puis Nick a dit que personne n'aimait vraiment travailler là.

— Nick a dit ça ?

— Eh oui.

Il m'a regardée sérieusement.

— Je ne veux pas que tu t'inquiètes pour le boulot, compris ? Peut-être que parfois, Maman ou moi, on râle un peu, mais les métiers des adultes sont souvent pleins de défis intéressants et je suis sûr que tu trouveras celui qui te convient. Ça ne sera pas toujours facile mais tu y connaîtras des satisfactions, crois-moi.

— Je ne m'inquiète pas pour mon futur métier, ai-je répondu même si c'était un petit peu le cas. C'est pour toi que je m'inquiète.

Il m'a longuement observée, puis m'a fait un énorme câlin.

— Ne t'en fais pas pour moi, Chloé. Tout va bien.

— Tu n'as pas envie de t'échapper, parfois ? lui ai-je demandé quand il a terminé ce long câlin.

Il a ri.

— Si, de temps en temps. Mais seulement du boulot, pas de vous.

Alors pourquoi Maman voulait-elle s'échapper, elle ?

Mercredi

— Ça ne se passe pas bien? m'a interrogée Cara le lendemain matin, alors que nous avancions doucement dans la rue à bord de la camionnette.

Je ne sais pas pourquoi je m'étais réveillée si tôt, mais la Chloé de Rêve avait peut-être décidé qu'elle avait besoin de parler avec Cara.

— Non. Il n'y a plus de linge propre et on en a marre de la pizza expérimentale. Marguerite n'a plus de culottes. Tout le monde dort mal, surtout William D. Papa pense que s'il se couche tard il se réveillera plus tard le matin.

— Et ça ne marche pas?

— Non, c'est le contraire. Maman dit que c'est comme l'entraînement pour un marathon. On ne s'entraîne pas pour un marathon en ne faisant jamais de sport. Le sommeil, ça se travaille aussi, ça se construit.

— Et donc, il se lève tôt? Il ferait peut-être un bon laitier.

Je crois que Cara aime bien que je l'aide. Je ne pense pas réellement que cela lui permette de terminer sa tournée plus vite. Il faut dire que les bouteilles ont tendance à m'échapper des mains de temps en temps, si bien que nous devons nous arrêter pour ramasser les morceaux. Et puis il y a les discussions, qui la ralentissent. Mais elle ne m'a pas encore suggéré d'arrêter.

— Tu as des nouvelles de ta mère ? a-t-elle demandé après avoir livré la commande de Mme Simpson.

— Non. Elle a éteint son téléphone et n'ouvre pas ses mails. Elle me manque beaucoup.

— Tu lui manques aussi.

Cara s'est arrêtée pour déposer une bouteille de jus de pamplemousse devant chez M. Thoreau. À son retour, je l'ai interrogée :

— Alors pourquoi est-elle partie ? Si on lui manque, elle devrait revenir, ou au moins téléphoner.

— Elle a besoin d'une pause. Parfois, il faut rompre les liens pour s'évader un peu. J'ai fait une retraite, moi aussi, une fois.

— Ah oui ?

— Oui, j'avais envie de m'éloigner de tout. Sans camionnette, sans travail, sans lait.

Elle a passé la première et nous sommes reparties dans le silence de la rue. Le jour se levait et les merles commençaient à chanter.

— Et ça t'a plu ?

— Hmm... je ne sais pas. J'aurais voulu du lait dans mon thé. Il n'y avait que des infusions.

— Tu as fait la grasse matinée ?

— J'ai essayé. Mais les habitudes ont la vie dure. Je me levais tôt, et je ne trouvais rien à faire. Alors, j'ai commencé à distribuer les sachets de tisane aux autres chambres. Il n'y avait rien d'autre à livrer, tu comprends, mais il fallait que je fasse des livraisons. J'ai ça dans le sang. On ne change pas ce qu'on est, Chloé. Ta maman sera bientôt rentrée et vous vous rappellerez à quel point elle vous aime tous.

— C'est vrai ?

Cara a arrêté la camionnette et s'est tournée vers moi.

— J'en suis certaine. Être une maman, elle a ça dans le sang, tu comprends. Maintenant, allez, c'est ton tour. Deux pintes de demi-écrémé pour les Guptil.

En me déposant devant chez nous, elle m'a prise par le bras et m'a tendu une grande boîte d'œufs.

— Prends ça, je les mettrai sur le compte de la casse.

— Merci. Dis-moi, Cara, ça te dirait de venir à une fête ?

— J'adore les fêtes, du moment qu'elles ne sont pas trop tard le soir.

— Ce sera pendant la journée.

— Alors compte sur moi! m'a-t-elle dit avec un grand sourire.

En entrant dans la maison, j'ai compté les œufs: elle nous en avait donné vingt-quatre. Ça fait beaucoup d'œufs à écouler, surtout que William D déteste les omelettes. C'était quand même gentil de sa part.

Je suis remontée et j'ai essayé de dormir, pourtant je suis restée éveillée, à penser à ce que Cara m'avait dit. Elle paraissait très sûre d'elle, mais si elle se trompait? La veille, j'avais demandé à Papa si avocate était une compétence transférable et il avait répondu oui. Maman pouvait travailler n'importe où, comme Cara.

Et si c'était son boulot d'avocate qu'elle avait dans le sang, plus que le fait d'être une maman?

La traque

— Je te DIS qu'il y a un fantôme dans la maison, m'a répété Marguerite au petit déjeuner.

— Encore? ai-je soupiré. Ça n'existe pas, les fantômes.

— Alors pourquoi tu n'entres jamais dans la chambre d'amis?

— Je n'ai rien à y faire!

— T'as peur.

— On ne va pas recommencer avec ça.

— Tu te rappelles qu'hier je n'avais plus de culottes? a-t-elle continué.

— Oui.

— Eh bien, ce matin, mes tiroirs étaient remplis de linge propre, y compris toutes mes culottes.

— Ça doit être Papa qui a fait ça.

Elle m'a regardée comme si j'étais folle.

— Ou Jacob, ai-je encore suggéré.

— Ne dis pas n'importe quoi, Chloé, a-t-elle soupiré en levant les yeux au ciel.

— Et dire que c'est un fantôme, ce n'est pas n'importe quoi, peut-être ?

Elle a haussé les épaules.

— Et aussi, je me suis levée pendant la nuit pour aller faire pipi, a-t-elle ajouté. Et j'ai entendu un bruit dans la chambre d'amis. On aurait dit un fantôme en train d'agiter des chaînes. Ou peut-être quelqu'un qui ronflait.

— Tu es allée voir ? lui ai-je demandé avec un picotement dans la nuque.

Marguerite a secoué la tête. Plus tard, quand j'ai demandé à Papa s'il avait fait la lessive, il m'a répondu que non.

— En fait, m'a-t-il dit, j'espérais que tu m'aiderais à localiser le lave-linge.

Donc, si ce n'était pas Papa, ce devait être Jacob… Forcément, non ?

Après le petit déjeuner, Papa avait besoin de « travailler », si bien qu'il nous a envoyés dans le jardin trouver la tondeuse, mais nous avons oublié et joué à la chasse au Skink toute la matinée. À un moment, j'ai regardé la maison et j'ai cru voir un rideau bouger dans la chambre d'amis. Papa était peut-être monté là-haut. Ou alors, Marguerite avait raison et il y avait bien un fantôme.

Au déjeuner, j'ai parlé à Papa de mon Plan Diabolique. Il était temps d'impliquer les autres.

— Une fête ? Mais tu en as déjà fait une, à la patinoire.

— Pas une fête pour moi. Une fête pour nous tous. Pour Maman, toi, Jacob, Marguerite et William D, et tous nos amis de la rue.

Il m'a regardée un instant, puis il a souri.

— C'est une idée fantastique. J'adore.

— Je voudrais la faire dans le jardin. Donc, il faudrait qu'on tonde l'herbe et qu'on déblaie tout.

— Euh...

— En travaillant ensemble, on peut y arriver, non ?

Il a hoché la tête.

— Absolument. Et maintenant, à table.

Il a ouvert le frigo et battu des paupières d'un air éberlué.

— D'où ça vient, tout ça ?

Il parlait sûrement des œufs, et c'était le cas, mais il y avait aussi plein d'autre nourriture qui venait d'apparaître comme par magie. Marguerite m'a envoyé un regard entendu et a articulé en silence : « le fantôme. »

— Je ne sais pas, ai-je répondu. Jacob a peut-être fait les courses ?

Papa a eu un rire incrédule.

— Il y a de la salade et un concombre. Jacob n'achèterait jamais de la salade. Il n'a rien mangé de vert depuis qu'il a avalé de la pâte à modeler le jour de sa rentrée en CP.

— On devrait guetter, m'a chuchoté Marguerite. Ce soir. On surprendra le fantôme.

— Il n'y a pas de fantôme.

— Alors d'où vient la nourriture ? Et qui a lavé mes culottes ?

Je me suis frotté le menton en réfléchissant. Elle n'avait pas tort.

Emily et Tamsin sont venues jouer l'après-midi, et quand elles ont su que nous allions guetter le fantôme elles ont demandé à rester dormir. Papa a haussé les épaules.

— Bah, deux de plus, trois de plus, pourquoi pas inviter toute la rue ?

Grâce aux victuailles du fantôme, nous avons eu droit à un vrai repas ce soir-là : poulet frit et Magnum Mini. Après le dîner, Papa a emporté une énorme pile de tableaux Excel dans le salon s'est endormi sur le canapé tandis que nous regardions une centaine de DVD. Il a fini par se réveiller et nous dire de monter. Une fois William D au lit, nous avons fait semblant de nous coucher nous-mêmes, mais en réalité nous nous sommes réunies dans le noir, dans la chambre de Marguerite, pour nous raconter des histoires de fantômes jusqu'à ce que nous entendions Papa fermer sa porte. J'ai alors passé la tête dans le couloir. Les lumières étaient éteintes à l'exception de la veilleuse du deuxième étage, qui est là pour que Marguerite puisse trouver les toilettes dans le noir.

Et la traque a commencé. Nous avions chacune une lampe torche. Au début, nous pensions faire des rondes à intervalles réguliers, chacune son tour, mais les histoires que nous nous étions racontées nous avaient tellement terrifiées que personne ne voulait bouger. Nous nous sommes donc pelotonnées sous nos couettes. Marguerite et Tamsin étaient sur le lit de Marguerite, Emily et moi sur l'autre. La porte étant entrouverte, nous pouvions entendre le fantôme gémir s'il passait, et apercevoir sa lueur fantomatique. Il y avait du vent, et la maison craquait plus que jamais. Nous avons bavardé un moment, ensuite nous avons dû nous endormir un peu car soudain Emily m'a secouée en disant :

— C'est le fantôme ! Il monte l'escalier !

— Tu l'as vu ?

— En allant faire pipi, j'ai entendu quelque chose en bas, m'a-t-elle expliqué avec excitation. J'ai regardé par-dessus la rampe et il y avait une silhouette qui montait. Habillée en moine.

— En moine ?

— Avec un capuchon, tu vois ?

Je me suis redressée d'un coup, le cœur battant. Emily a cherché sa lampe torche, mais j'ai repoussé sa main.

— Ne fais pas ça. Il va s'apercevoir qu'on est là...

Je suis courageusement descendue du lit et me suis doucement approchée de la porte. Marguerite et Tamsin ronflaient sur l'autre lit. Une fois à la porte, je me suis retournée pour regarder Emily. J'ai failli sauter au plafond en la trouvant JUSTE derrière moi. Je ne l'avais pas entendue me suivre.

— Tu viens avec moi ? lui ai-je demandé.

— J'ai toujours envie de faire pipi.

Elle avait raison, quelque chose montait l'escalier, lentement, accompagné d'une lueur fantomatique. J'ai attendu que le fantôme soit juste devant la torche et veillé à avoir le doigt pile sur le bouton. Puis j'ai ouvert la porte d'un coup et éclairé la silhouette encapuchonnée.

— Aaaaaah ! a crié le fantôme en bondissant en arrière.

— Aaaaaah ! avons-nous crié, Emily et moi, en bondissant en arrière.

— Aaaaaah ! ont crié Marguerite et Tamsin, réveillées par les cris.

La silhouette encapuchonnée a fait irruption dans la chambre, provoquant de nouveaux cris de la part d'Emily, de Tamsin et de Marguerite. Moi, je n'ai pas crié, car je venais de comprendre que ce n'était pas du tout un fantôme. C'était...

— Jacob ?

— Chloé, qu'est-ce que tu fais debout si tard ? Tu m'as fichu une de ces trouilles !

— Emily t'a pris pour un fantôme, ai-je expliqué en la fusillant du regard.

Je comprenais à présent que le capuchon de moine n'était que la capuche de son sweat GAP. La lueur fantomatique était en fait celle de son téléphone.

— Je peux aller faire pipi, maintenant ? a demandé Emily. Ça presse !

Il s'avère que Jacob rentrait d'un rencard.

— Avec Charlie ? s'est enquise Marguerite, pleine d'espoir.

— Non. Avec Tabitha.

— Beurk !

— Ça s'est passé comment ? ai-je voulu savoir.

— Pas très bien.

— Tant mieux ! s'est écriée Marguerite.

Ce qui n'était pas très gentil, je trouve.

Jacob nous a proposé un petit festin nocturne, et nous sommes descendus en tâchant de ne pas faire de bruit – non sans provoquer un concert de grincements. Jacob nous a préparé des tartines de confiture et nous a raconté son rendez-vous. Rien n'avait trouvé grâce aux yeux de Tabitha. Elle n'avait pas aimé le film, puis ils étaient allés manger un burger-frites qu'elle avait trouvé trop froid, puis ils étaient allés à une soirée chez un pote où elle s'était disputée avec une autre fille et avait fini en larmes dans l'escalier.

— J'ai dû la raccompagner à pied jusque chez elle, là-bas dans Friary Street. Et je n'ai même pas eu droit à un baiser.

— Charlie y était, à cette fête? ai-je demandé.

Jacob m'a regardée en haussant les sourcils.

— Il se trouve que oui.

— Nous, on aime Charlie, a précisé Marguerite.

— Je sais.

— Pourquoi tu ne lui redemandes pas de sortir avec toi?

Il a eu l'air coupable pendant quelques instants. Touché. Puis il a soupiré.

— J'aime beaucoup Charlie. Elle est jolie, drôle et intelligente.

— Alors pourquoi tu ne veux pas la revoir?

— Vous allez trouver ça bête, mais...

Il s'est tu pour reprendre une bouchée de son toast.

— Mais quoi ?

— Je déteste l'odeur du vinaigre.

— Hein ?

— Je déteste l'odeur du vinaigre. Elle sent le vinaigre en permanence. C'est comme si je sortais avec un cornichon.

— C'est la seule raison ? ai-je demandé.

— Je t'avais dit que tu trouverais ça bête. Mais chaque fois que je suis avec elle, je sens une odeur de vinaigre. Je l'ai embrassée une fois, et j'ai senti son parfum, qui me plaisait, mais en dessous, dans le fond, il y avait cette odeur de vinaigre.

— Plutôt faible, comme excuse pour ne pas sortir avec quelqu'un, a commenté Marguerite.

— Les hommes ! a soufflé Emily avec dédain.

— Bon, pas la peine de vous liguer contre moi ! a dit Jacob. Je sais que c'est nul, mais c'est ce que je ressens.

Il y a eu un silence après cela. Jacob avait l'air mal à l'aise. Il déteste les confrontations directes. Emily lui jetait des regards venimeux. Il me décevait.

— Où est votre maman ? a soudain demandé Tamsin.

— C'est maintenant que tu t'aperçois qu'elle n'est pas là ? a dit Marguerite. Elle fait une retraite.

— Elle me manque, ai-je ajouté. Je ne vois pas pourquoi elle devrait rester si longtemps loin de nous. Elle pourrait au moins passer nous voir.

— Elle essaie aussi de prouver quelque chose, m'a rappelé Jacob. Elle veut juste qu'on apprécie ce qu'elle fait pour nous.

— C'est déjà le cas, ai-je répondu à mi-voix.

Jeudi

Emily et Tamsin sont restées toute la journée. Nous avons joué un peu dans le jardin. Emily a tendance à faire sa chef quand nous jouons, et si cela ne se passe pas comme elle le veut, elle peut devenir très grognon. Marguerite s'est fâchée avec elle parce qu'elle essayait de changer les règles de la chasse au Skink. Elle ne s'énerve presque jamais, mais PERSONNE n'a le droit de changer les règles de la chasse au Skink, à part Papa. Pour les distraire de leur dispute, j'ai essayé de les convaincre de désherber un peu, mais il s'est mis à pleuvoir, et tout le monde était crevé à force de se coucher à pas d'heure et de se réveiller tôt, et nous n'avons encore pas fait grand-chose.

Nous sommes rentrées et avons passé une bonne heure à débattre de ce que nous allions regarder à la télévision.

— Bon ! a fait Papa. Qui reste dîner ? Il y a de la pizza expérimentale ce soir.

— Oh non ! Encore ? avons-nous gémi.

— Eh bien, quoi, qu'est-ce que vous voulez d'autre ? On a mangé les victuailles miraculeuses. Il reste de la salade…

— Non merci, l'ai-je coupé. Et si on se faisait un *fish and chips* ?

— Excellente idée, a dit Papa. Je vais faire une liste de courses et vous pourrez aller chercher ce qu'il faut.

Je n'avais pas suggéré cela uniquement parce que j'avais envie de manger du poisson pané avec des frites, mais aussi parce que j'avais envie de revoir Charlie. J'espérais l'intégrer à mon Plan Diabolique. Papa a longuement cherché un stylo. Il a fini par nous imprimer un tableau Excel avec tout ce que nous devions acheter. Puis Tamsin s'est pris les cheveux dans les cintres de la penderie de Marguerite et il a dû partiellement les couper. Je pense qu'il regrettait déjà de l'avoir invitée. Pendant qu'il était occupé par les cheveux et les cintres, il nous a envoyées, Marguerite et moi, chercher le *fish and chips.* Nous n'étions que toutes les deux parce qu'Emily jouait à la bataille avec William D.

Nous nous sommes senties très adultes en allant à pied jusqu'à la boutique, un billet de 20 livres à la main. Maman ne nous aurait sans doute pas laissées y aller seules, même s'il faisait encore jour. Nous nous sommes demandé jusqu'où nous pourrions aller si nous sautions dans un train avec le billet de 20 livres. Le Fish & Chic se trouve au milieu d'une rangée de boutiques proches de la gare. C'est un peu crasseux par là-bas. En approchant, j'ai vu un pigeon picorer une frite écrasée. J'aime les animaux, mais certains plus que d'autres, et les pigeons font nettement partie des « autres ».

— Salut, Charlie, avons-nous dit en entrant.

Nous étions les seules clientes.

— Salut, les filles !

Elle s'est penchée par-dessus le comptoir pour nous regarder. Une forte odeur de vinaigre régnait dans la boutique. Marguerite et moi avons échangé un regard entendu. Nous avons passé commande à Charlie, et elle a tout noté sur un morceau de papier qu'elle a embroché sur une pique en métal pour pouvoir commencer à manœuvrer la friteuse.

— Alors, ça se passe bien, les vacances ? nous a-t-elle demandé.

— Oui. Mais Maman est partie faire une retraite et elle nous manque beaucoup.

— J'aimerais bien faire comme elle, a dit Charlie. Partir dans un endroit où il n'y a pas de friture.

— Est-ce que tu vas ressortir avec Jacob ? l'a questionnée Marguerite.

— Ah çà, je crois que c'est à l'eau. Désolée.

Elle nous a offert du rab de frites et a ajouté de la purée de pois gratis. Juste avant de partir, je me suis retournée.

— Charlie, si je faisais une fête, tu viendrais ?

Elle m'a souri.

— Oui, avec grand plaisir !

— J'aime beaucoup l'odeur du vinaigre.

— Euh... moi aussi, m'a-t-elle répondu.

— Mais il y a des gens qui n'aiment pas.

Je me suis tapoté la narine, un signe qui signifie que l'on essaie d'être subtil.

Charlie a eu l'air un peu perplexe. J'ai continué :

— Il y a des gens qui adorent les frites. Vraiment, ils aiment énormément les frites. Mais ils n'aiment pas l'odeur du vinaigre.

Charlie a hoché la tête et souri.

— Elle veut parler de Jacob, a clarifié Marguerite. (Je l'ai regardée, furieuse, mais elle s'est tapoté la narine sans s'en préoccuper.) Jacob n'aime pas l'odeur du vinaigre.

— Ah, euh... OK, a dit Charlie lentement. Je crois comprendre.

Elle s'est tapoté la narine avec solennité.

Le *fish and chips* sentait délicieusement bon et les sachets en papier étaient presque trop chauds pour nos doigts, sur le chemin du retour. Personnellement, je n'aime pas mettre du vinaigre sur mes frites, mais j'aime bien l'odeur sur celles de Papa. Ça sent bon. Une odeur propre, franche et nette. Comme Charlie. Jacob est un imbécile.

Tout le monde était mort de faim à notre retour, et nous nous sommes jetés sur la nourriture. La panure dorée du poisson était croustillante au bord et plus moelleuse au milieu. Nous avons d'abord mangé les petites frites croquantes parce qu'elles étaient moins brûlantes, bien salées et grasses, puis nous avons arraché de gros morceaux de poisson pané avec les doigts et soufflé sur l'intérieur tendre et blanc pour le refroidir. Papa a partagé sa purée de pois avec nous et j'ai décidé que la prochaine fois j'en commanderais aussi, mais Marguerite et Tamsin n'ont pas trouvé ça bon. William D n'arrêtait pas de croquer dans des frites trop chaudes, après quoi il restait planté là, les yeux écarquillés, en pointant le doigt vers sa bouche ouverte.

Nous avons dû expliquer à Papa comment réagir. Dans ces cas-là, Maman lui souffle directement dans la bouche. Cela fait drôle, de souffler dans la bouche d'un petit garçon. Mais c'est ça ou il recrache tout sur la table.

Après le dîner, les parents de Tamsin sont venus la chercher. Ils étaient ravis qu'elle ne se soit pas blessée, même si ses cheveux n'étaient plus de la même longueur depuis l'incident avec les cintres. J'ai raccompagné Emily chez elle. Elle s'est arrêtée avant d'entrer et s'est retournée vers moi.

— J'aime bien ton père, m'a-t-elle avoué.

J'ai attendu la suite, mais il n'y en avait pas. Et cela suffisait. C'était beaucoup, venant d'Emily. Je la plaignais de ne pas avoir un gentil papa comme nous. Je l'ai serrée dans mes bras, ce qu'elle a supporté environ une demi-seconde. Elle n'est pas très « câlins », Emily.

Marguerite et moi avons lavé la vaisselle en rentrant. Comme il n'y en a pas beaucoup avec le *fish and chips*, nous trouvions que nous nous en tirions bien. En essuyant les couteaux, j'ai regardé par la fenêtre le peu de travail que nous avions accompli dans le jardin, et aussi tout ce que nous n'avions pas fait. Il allait falloir s'y coller sans faute le lendemain. Le dernier jour avant le retour de Maman. Le jour où mettre à exécution mon Plan Diabolique.

Et donc, juste avant d'aller au lit, je suis ressortie en pyjama et bottes en caoutchouc. Il y avait une chose que je devais absolument faire.

Sixième partie

Le pavillon d'été

Vendredi, j'ai fait lever tout le monde à l'aube pour le petit déjeuner. Je ne sais pas préparer les œufs brouillés ni le bacon, mais je suis forte pour les toasts. J'ai sorti le jus d'orange, les boîtes de céréales, le lait, le sucre, et j'ai mis de l'eau à bouillir pour Papa. Ensuite je suis allée réveiller la famille, sauf Jacob qui n'a même pas répondu quand j'ai cogné à sa porte. Marguerite aussi a eu du mal à sortir du lit. Je l'ai secouée, puis chatouillée, puis je lui ai versé un peu d'eau sur la figure. Elle n'a fait que grommeler et se pelotonner sous sa couette. J'ai tenu bon, et j'ai fini par les avoir tous en train de bâiller autour de la table de la cuisine.

— Dès qu'on a fini le petit dej, on s'y met, ai-je dit.

— On se met à quoi ? a demandé Papa.

— Au jardinage. D'abord, tu vas tondre la pelouse.

— Je te l'ai déjà dit, je ne trouve pas la tondeuse.

— Et ça, c'est quoi ? ai-je fait en indiquant la porte vitrée.

Ils se sont levés pour regarder. Au milieu de la terrasse trônait la tondeuse.

— Où as-tu déniché ça ? s'est étonné Papa, l'air plus ou moins content.

— J'ai cherché comme une fille, et pas comme un garçon. Elle était sous le grand pommier, derrière un houx.

— Bien joué, Chloé. Et qu'est-ce que tu vas faire, pendant que je tondrai ?

— Je travaillerai sur le pavillon d'été. Il faut nettoyer les vitres, balayer les feuilles mortes. Couper les ronces. Je peux me servir de la cisaille et du taille-branches ?

— Est-ce que tu vas couper les doigts de William D ?

— Non.

— Alors d'accord.

Mais après le petit déjeuner, chacun a eu tendance à partir de son côté. Papa est allé lire ses e-mails, William D a filé devant la télé et Marguerite a commencé à monter.

— Où tu vas ? lui ai-je demandé.

— Me changer.

— Tu n'as pas besoin de te changer. William D, éteins. Papa aussi, éteins l'ordi.

Tout le monde a protesté, mais j'ai tapé du pied par terre.

— Écoutez ! Maman rentre demain. Nous n'avons plus qu'une journée pour rendre cette maison accueillante. Je veux lui montrer à quel point on a besoin d'elle. Je veux qu'elle voie cette maison non pas comme un endroit qu'elle veut fuir, mais comme son refuge. Et J'AI BESOIN DE VOTRE AIDE.

Tout le monde m'a dévisagée d'un air interloqué.

— Qui est avec moi ?

Il y a eu un silence, puis quelqu'un a dit :

— Moi, je suis avec toi, Chloé.

Nous nous sommes tournés vers cette voix. Jacob se tenait à la porte de la cuisine. Il a souri et m'a fait un clin d'œil.

— Qu'est-ce que tu veux que je fasse ?

Et c'est ainsi que tout a commencé. Nous cinq, travaillant de concert dans le jardin. Il faisait gris et je craignais un peu qu'il pleuve, mais le temps sec s'est maintenu. D'abord, Jacob et Papa ont contemplé l'herbe.

— Il va nous falloir un coupe-bordure en plus de la tondeuse, a dit Jacob. L'herbe est trop longue.

— Je m'en charge, a proposé Papa.

Il a rapproché une chaise du mur de séparation, est monté dessus et a regardé par-dessus.

— Bonjour, monsieur Coleman.

— Bonjour, a fait la voix du voisin.

— Vous allez être ravi d'apprendre que nous nous sommes enfin décidés à nous attaquer aux mauvaises herbes, a enchaîné Papa gaiement.

— En effet, ravi de l'apprendre. Comment voulez-vous que j'entretienne ma pelouse tant que toutes sortes de graines arrivent de chez vous?

— Exactement. La pureté de votre pelouse compte beaucoup pour nous. C'est pourquoi il nous faudrait emprunter votre coupe-bordure.

Évidemment, M. Coleman pouvait difficilement dire non. Il a donc fait passer l'engin par-dessus le mur et Papa a commencé à s'en servir pour raccourcir notre herbe. Jacob a mis un certain temps à faire démarrer la tondeuse, mais une fois partie elle a tout dévoré en rugissant comme un monstre. Clématite et La Limace sont rentrés s'abriter dans la maison. Papa m'a envoyée emprunter d'autres outils à Vicky, qui a un jardin ravissant. Vicky et Emily sont revenues avec moi, chargées de serpes, de râteaux et de taille-branches.

Un peu plus tard, Tamsin nous a rejoints et s'est aussitôt enfoncée dans une touffe d'orties, si bien qu'il a fallu la tartiner de pommade.

J'étais bien contente que nous ayons tant de bras pour nous aider, car c'était très long de tailler toute la végétation qui entourait le pavillon d'été. Il fallait couper les branches, puis les ramasser et les mettre dans un sac à déchets verts. Tamsin et Marguerite, qui avaient la tête à faire des bêtises, en ont jeté chez M. Coleman, dont la tête a surgi par-dessus le mur pour leur crier après. Jacob a allumé un feu de joie pour brûler les branchages, mais comme c'était trop lent Papa a commencé à faire des allers et retours à la déchetterie. Le plus dur a été l'énorme vieux rhododendron collé au pavillon d'été. Papa et Jacob ont scié de grosses branches en suant et en ahanant, et les ont traînées jusqu'au feu. Aussitôt que cela a été fait, le pavillon a été transformé. Il ne faisait plus noir à l'intérieur. L'endroit semblait plus vaste, et bien plus gai. Abrité par les branches, il était resté sec et en très bon état, cependant Papa y a quand même trouvé deux ou trois trous, là où l'humidité s'était infiltrée. Il est allé chercher quelque chose dans la resserre, une boîte emplie d'un liquide noir et poisseux.

— De la créosote, a-t-il expliqué. Pour étanchéifier la toiture.

Il est monté à une échelle et a repeint le toit avec cette substance ; cela ne sentait pas très bon, mais le résultat en valait la peine.

Jacob a retrouvé le barbecue caché dans les hautes herbes, et pour déjeuner nous avons fait cuire des saucisses dessus. Nous les avons mangées dans des petits pains blancs et moelleux avec des tonnes de beurre et de sauce. Nous avions tellement travaillé que nous étions voraces, et je crois bien que je n'avais jamais rien mangé d'aussi bon. Pendant que nous finissions de manger, le soleil s'est montré. Jacob avait fini de tondre, et les pelouses étaient magnifiques. Papa était triste pour les fleurs sauvages que nous avions perdues, mais nous pouvions désormais voir qu'il y avait plein d'autres fleurs dans les parterres. Des roses, des digitales, des alliums, des fleurs blanches que nous n'avons pas identifiées.

Après le déjeuner, nous nous y sommes remis. Jacob a soigné les parterres à l'aide du coupe-bordures de M. Coleman. Il n'avait pas le temps de les sarcler à fond, mais ils étaient déjà bien plus jolis après cette petite coupe. Vicky a nettoyé le potager, qui était un peu négligé depuis que Maman n'était plus là pour s'en occuper. Elle a trouvé des tomates, des haricots verts et deux courgettes énormes. Emily, Marguerite, Tamsin et moi avons récuré, balayé, essuyé et épousseté le pavillon d'été. Il ne manquait plus que quelques touches finales.

Nous sommes rentrés pour monter dans les combles, sur la pointe des pieds pour ne pas réveiller les chauves-souris. Là-haut, c'était une vraie caverne d'Ali Baba pour les vieux meubles. Nous avons trouvé des chaises en bois et une petite table, et Papa et

Jacob ont dégagé un fauteuil poussiéreux à la housse trouée. Nous avons porté le tout jusqu'au pavillon. Vicky a cousu en vitesse des petits rideaux pour les fenêtres et les carreaux des portes, avec des chutes de tissu qu'elle avait chez elle. Tamsin et Marguerite ont récupéré plein de bougies qu'elles ont disposées sur l'appui de la fenêtre et sur la table. Enfin, nous avons fait de gros bouquets avec les fleurs sauvages que nous avions coupées.

Nous avons reculé un peu pour contempler notre ouvrage. C'était fabuleux, mais...

— Il manque quelque chose, a conclu Vicky.

— Quoi donc?

— Attendez-moi ici.

Et elle est partie sur la pelouse tondue. Cinq minutes plus tard, elle est revenue, un gros paquet dans les bras.

— Qu'est-ce que c'est? a demandé Marguerite.

— Je sais exactement ce que c'est. Des guirlandes!

— Je vais peut-être couper encore une branche de ce rhododendron, a dit Papa. Les feuilles touchent le toit.

Pendant que nous suspendions les guirlandes, il a commencé à scier. La branche était grosse et lui a donné du fil à retordre. En accrochant le dernier bout de guirlande, nous avons entendu un cri.

Nous précipitant dehors, nous avons trouvé Papa à genoux, une main sur le flanc.

— Mon dos ! Je me suis recoincé le dos.

Nous avons dû le soutenir jusqu'au pavillon et l'installer dans le fauteuil. Jacob est allé chercher une boîte d'allumettes et nous avons allumé les bougies. Pas parce qu'il faisait sombre, mais juste pour voir l'effet. Certaines étaient des bougies d'aromathérapie et sentaient délicieusement bon, elles masquaient les derniers effluves de créosote. Comme c'était paisible ! Une retraite parfaite pour Maman.

— Je vais planter un chèvrefeuille pour qu'il grimpe au mur, a dit Papa.

— Pas un chèvrefeuille, ai-je corrigé. Une clématite.

— D'accord, a-t-il convenu en souriant avant de grimacer à cause de son dos.

Malgré la blessure de Papa, la dernière soirée avant le retour de Maman a été un moment très heureux. Nous avons décidé de dîner dans le pavillon d'été. Vicky, découvrant les œufs dans le frigo, nous a fait des omelettes géantes, et William D a eu droit à un sandwich fromage-houmous. C'était délicieux de rester là à boire de la limonade en admirant la maison et le jardin, devenu si joli. *Maman va être ravie*, ai-je pensé.

— Le seul truc dont on n'ait pas eu le temps de s'occuper, c'est le rhododendron de la maison, a dit Papa. Bah, tant pis. (Il a changé de position avec précaution dans son fauteuil en grimaçant.) Je suis sûr que Maman sera déjà contente de ce qu'on a fait. Elle comprendra.

Je n'en étais pas certaine. Je pense que, dans l'ensemble, ç'aurait été mieux que nous commencions par le rhododendron, au lieu de le garder pour la fin. Mais il n'était plus temps de le dire, après tout le travail que nous avions fourni dans la journée.

— Je vais te chercher encore un coussin, ai-je dit.

Malheureusement, je me suis levée trop vite, et j'ai heurté la table. Une bougie, plantée dans une haute bouteille de vin, a oscillé. Elle semblait sur le point de basculer. Papa, alarmé, a écarquillé les yeux. Il a voulu se lever, mais son dos l'en a empêché.

— Rattrape-la, Chloé !

La bouteille s'est redressée et, pendant un instant, a paru se stabiliser, mais en fait elle a continué, au ralenti. Elle allait se renverser ! Je me suis penchée à travers la table pour l'attraper. C'était trop loin et, perdant l'équilibre, je me suis étalée tête la première dans la salade. Ma main tendue s'est refermée sur du vide, à quelques centimètres de la bouteille, qui, sous mes yeux, a roulé lentement avant de tomber de la table.

Immédiatement, on a entendu WHOOF! et de grandes flammes se sont élevées du point de chute de la bougie.

— La créosote! a dit Papa.

Jacob a réagi tout de suite en éloignant la table des flammes. Papa avait raison. La bougie était tombée pile dans le seau de créosote, et les flammes montaient déjà haut, léchant les guirlandes. Jacob s'est précipité pour prendre le seau, mais Papa l'a retenu.

— Trop dangereux. Tout le monde dehors!

Nous sommes sortis. Mon cœur battait comme un tambour. En nous retournant, nous avons vu que les guirlandes avaient pris feu et que les flammes léchaient le plafond.

— Non! ai-je hurlé.

La retraite de Maman était en train de partir en fumée sous nos yeux.

— Ouaiiiiiis! a braillé William D.

Il était le seul à trouver ça drôle.

— Mes guirlandes! a dit Vicky Bellamy, les mains sur les joues.

— Mes bougies! a dit Marguerite.

— Mon dos! a dit Papa, plié en deux comme un petit vieux.

— C'est ma faute ! me suis-je écriée.

— Pas du tout, a protesté Papa. C'est moi qui ai laissé traîner le seau de créosote sans remettre le couvercle. C'est moi le responsable.

Mais c'était bien ma faute. Les larmes me sont montées aux yeux, et elles ne se sont plus arrêtées. Papa a clopiné jusqu'à moi pour me faire un câlin.

— Allez, m'a-t-il dit, ça ne fait rien. Ce n'est qu'une vieille cabane. L'important, c'est que tu sois indemne. On est tous sains et saufs, c'est ce qui compte.

— On avait travaillé tellement dur ! Il y avait enfin un endroit parfait dans cette maison. Et c'était mon Plan Diabolique, et quand Maman rentrerait on devait être tous ensemble et la rendre heureuse.

Papa a gémi en se mettant à genoux pour pouvoir me regarder bien en face.

— Chloé, chérie. Je sais que la maison n'est pas parfaite. Et je sais que je ne le suis pas non plus. Aucun d'entre nous ne l'est. Mais ce n'est pas grave d'être imparfait. Ce n'est pas grave de faire un peu n'importe quoi, parfois. Et, crois-moi, Maman est heureuse, même si elle se fâche de temps en temps. Elle t'aime à la folie. Et elle aime Marguerite et William D et Jacob, et elle m'aime, et elle aime aussi la maison. Quoi qu'il arrive.

Je l'ai serré fort, et tant pis s'il faisait la grimace à cause de son dos.

— Qu'est-ce qui se passe, encore ? a crié une voix.

La tête de M. Coleman venait d'apparaître au-dessus du mur.

— Juste un petit feu de créosote, a dit Papa calmement. Pas de quoi s'inquiéter.

Au même instant, le toit s'est soudain embrasé, la substance noire et collante craquant comme un feu d'artifice. Papa s'est remis sur pied avec effort.

— Pas de quoi s'inquiéter ?! s'est égosillé M. Coleman. Il y a des garages de l'autre côté de votre mur. S'ils prennent feu, vous imaginez les dégâts ? J'appelle les pompiers.

— C'est sans doute une bonne idée, a reconnu Papa tandis qu'un des rideaux s'enflammait.

Je voyais une bougie d'aromathérapie bleue, toute seule au milieu du brasier ; le feu ne l'avait pas encore atteinte et elle brûlait encore en paix, diffusant son parfum. Les larmes roulaient sur mes joues, et j'ai senti la main de Papa prendre la mienne.

— Il commence à faire chaud, ai-je dit.

— Chaud comme du ketchup, a marmonné Marguerite.

Quelques instants plus tard, j'ai entendu des sirènes dans York Road. Emily m'a entraînée jusqu'à la maison pour regarder un pompier costaud se frayer un chemin. En voyant le rhododendron qui barrait le passage, il s'est emparé d'une hache énorme et l'a démoli en quelques coups, laissant d'épaisses branches noires gisant au sol comme des membres tranchés. Puis, accompagné d'un collègue, il a foncé en tirant un gros tuyau.

William D était au paradis. Du feu, des camions de pompiers, des haches, des lances à eau ! Il n'était pas près d'oublier ce jour. Les pompiers ont éteint le feu très vite, puis sermonné Papa sur les consignes de sécurité en présence de substances inflammables. Alors qu'ils partaient, William D est allé voir de plus près. L'un des pompiers s'est arrêté. C'était une pompière, celle que nous avions vue à la kermesse de l'école. Elle a mis un genou à terre pour lui parler.

— Je me souviens de toi, a-t-elle dit. Tu es le petit gars qui a réinitialisé l'ordinateur du véhicule.

— Oui, c'est bien moi ! a répondu William D. Content de vous avoir aidés.

— Il n'a plus jamais été le même, cet ordinateur.

— Ce garçon tient de son père en ce qui concerne les ordis, je le crains, a avoué Papa.

La pompière lui a fait un clin d'œil et s'est levée pour partir. En longeant la maison, elle s'est poussée pour laisser passer quelqu'un.

— Merci, a fait une voix que je connaissais bien.

— MAMAN ! a braillé William D en courant lui sauter dans les bras.

Marguerite et moi étions juste derrière lui et nous l'avons heurtée si fort qu'elle en est tombée à la renverse.

— Vous m'avez tellement manqué !

— Nous aussi, ai-je répondu. Tu rentres en avance !

— Tout le monde va bien ? Pourquoi y a-t-il des pompiers ?

— On t'avait fait une retraite avec des coussins et des bougies et de la créosote mais elle a brûlé et c'est ma faute, ai-je dit rapidement, avec précipitation.

— Une retraite ? Qu'est-ce que tu racontes ?

Alors nous l'avons emmenée au fond du jardin pour lui montrer les ruines fumantes du pavillon dans le crépuscule. Papa était assis dans un fauteuil légèrement carbonisé que les pompiers avaient sorti de l'incendie. Il a fait coucou de la main.

— Tu pourrais te lever, a remarqué Maman.

— Non, justement.

Notre maison

Maman nous a fait rentrer et a dit au revoir à Vicky, qui est partie avec Tamsin et Emily. Elle nous a demandé de nous déshabiller et a jeté nos vêtements noirs de suie dans le lave-linge. Nous avons pris un bain tous ensemble, comme quand nous étions petits, pendant qu'elle nous racontait sa retraite.

— C'était sinistre. Et ce n'est pas pour rien qu'on cuit les légumes avant de les manger, en principe. Et j'espère ne jamais revoir un bol de tisane de ma vie.

— Et les autres, ils étaient comment ? s'est enquis Papa.

— Horribles. Bien trop détendus. Ils n'arrêtaient pas de sourire mollement et de faire du yoga et de la relaxation. C'est pour ça que je suis partie avant la fin, je n'en pouvais plus.

— Désolée que les pompiers aient été là à ton arrivée, ai-je dit. Ça n'a pas dû être très relaxant.

— En effet.

Maman nous a sortis du bain et nous a aidés à mettre nos pyjamas, puis nous sommes descendus nous pelotonner entre Papa et elle dans le canapé.

Plus tard, alors que j'étais couchée, Maman s'est assise au bord de mon lit et m'a souri.

— Tu m'as manqué, lui ai-je dit.

— Toi aussi, a-t-elle répondu en chassant une mèche de mon visage.

— Tu crois que tu auras envie de repartir un de ces jours ?

— Non. Je pense que c'était une erreur de vous quitter. Ça ne se reproduira pas.

— Mais tu as besoin de faire des retraites...

— Oh, chérie ! J'ai détesté ça du début à la fin. J'ai eu envie de rentrer dès que je suis arrivée là-bas.

— Alors pourquoi tu es restée ?

— Parce que j'avais payé d'avance. Je plaisante. Je me disais que ça vous ferait du bien de ne pas me voir pendant quelques jours. Papa avait besoin de passer du temps avec vous sans moi. Mais je culpabilisais à mort, Chloé. Je ne recommencerai pas.

— Mais si tu te sens à nouveau prisonnière ?

— Ah, mais ça, ça n'arrivera pas. Plus maintenant.

— Comment tu le sais ?

— Maintenant que le rhododendron est coupé, je peux aller et venir comme je le veux. J'ai ma sortie de secours. Qui a besoin d'une Porte d'Entrée qui s'ouvre? Pas moi, en tout cas.

J'ai tendu les bras pour un câlin. Elle m'a serrée fort.

— Papa m'a dit que tu lui avais parlé de ce qui se passait à l'école. Du fait qu'Imogen était méchante avec toi et que tu t'inquiétais pour ta fête.

J'ai acquiescé.

— Je ne voulais pas t'embêter avec ça.

Maman s'est essuyé les yeux.

— Ne crois jamais que tu ne peux pas me parler de ce qui t'inquiète. J'ai été une maman nulle, de ne pas voir ce que tu traversais.

— C'est pas grave.

J'étais un peu gênée par ce que Maman me disait: en dépit de tous mes efforts, elle s'en voulait.

— Si, c'est grave. Je veux que tu me racontes tout. En échange, je te promets que je t'écouterai et que je ne me fâcherai pas et qu'on réglera nos problèmes ensemble, d'accord?

— D'accord, ai-je acquiescé avec un sourire. Maman?

— Oui, chérie?

— Est-ce qu'on peut faire une fête? À présent qu'on a arrangé le jardin? Pas juste pour moi, pour nous tous. Pour la maison aussi.

Maman a hésité un instant, puis fait oui de la tête.

— Bien sûr. Je passerai des coups de fil demain et je vais commencer à penser au buffet, et je pourrais peut-être emprunter ses tables à tréteaux à Mme Groves, et...

— On pourrait faire ça ensemble ? Nous tous ? Parce que c'est une fête pour toi aussi, et donc tu ne devrais pas te taper tout le boulot.

Elle a réfléchi un peu avant de répondre.

— Ça me plairait bien, oui. On appellera ça un anniversaire en retard et une crémaillère très en retard.

— Merci, Maman.

— Et maintenant, il faut que tu dormes, il est tard.

Elle m'a embrassée, s'est levée et s'est dirigée vers la porte.

— Maman. (Elle s'est arrêtée et s'est retournée vers moi.) J'ai rêvé que tu venais me border dans mon lit, un soir.

— Chérie ! Je suis revenue plusieurs fois. J'ai même dormi une nuit dans la chambre d'amis.

— Hein ? C'est vrai ?

— Oui. Qui a fait la lessive, à ton avis ? Et qui a acheté à manger ?

— C'était toi ? On a cru que c'était un fantôme. Ou Jacob. Mais plus probablement un fantôme.

Elle a éclaté de rire.

— Papa était au courant ? lui ai-je demandé.

— Non. Je ne lui ai rien dit et il n'a pas remarqué. Il n'est pas très observateur, tu sais. J'ai vu que tout se passait bien, à part la lessive et les courses. Je voulais juste m'assurer que vous alliez bien. Et c'était le cas, n'est-ce pas ?

J'ai confirmé de la tête.

— On s'est bien amusés.

— Parfait. (Elle a éteint la lumière.) Bonne nuit, chérie.

— Bonne nuit, Maman.

Mais avant de dormir, je me suis levée et je suis allée jusqu'à l'appui de ma fenêtre, où était posée la copie de mon projet d'écriture. J'avais une chose à changer dedans. J'ai regardé le titre, sur la première page.

Ma maison

J'ai pris un feutre et j'ai corrigé :

Notre ~~Ma~~ maison

Samedi

Le lendemain matin, je me suis levée en même temps que Papa, c'est-à-dire en même temps que William D, c'est-à-dire très tôt. Papa a été un peu étonné de me voir. Dans sa robe de chambre, les cheveux en pétard, appuyé au poêle, il m'a regardée en bâillant.

— Tu es tombée du lit ?

— Ça fait partie de mon Plan Diabolique, ai-je expliqué. Où est-ce qu'on range la ficelle ?

En se réveillant, Maman a trouvé une ficelle accrochée au bout de son lit avec un mot disant « SUIVEZ-MOI ». La ficelle l'a menée jusque dans ma chambre. Papa et moi étions sur ses talons. Elle est entrée, et sur le lit elle a trouvé la première partie de mon texte. Celle qui parle de ma chambre.

— Lis, ai-je dit.

Elle a souri, a pris les feuilles, s'est assise sur mon lit et a commencé la lecture. Une fois arrivée à la fin, elle a relevé les yeux vers moi.

— Chloé, c'est magnifique.

— Et c'est pas fini, ai-je dit en sautillant d'un pied sur l'autre. Continue de suivre la ficelle.

Celle-ci l'a menée dans la chambre d'amis, puis dans celle de Jacob, puis en bas chez William D, puis au salon, puis devant la Porte d'Entrée, puis dans la cuisine et enfin au jardin.

Et dans chaque pièce où elle entrait l'attendait un chapitre de mon texte. Elle les a lus un par un pendant que nous la guettions depuis la porte. Elle a beaucoup souri, parfois ri, et elle a écrasé une larme à un moment mais Papa m'a assuré que c'était une bonne chose.

Après avoir lu le dernier chapitre, celui qui parle du jardin, elle est venue me faire un gros câlin.

— Je t'aime, Chloé, m'a-t-elle dit. Je vous aime tous, et j'aime aussi cette maison. Tu as mis des mots, mieux que je ne pourrais jamais le faire, ce qui me rend heureuse. Je sais que je râle beaucoup contre le papier peint décollé, l'électricité et les radiateurs qui gargouillent. Et je sais que je me fâche contre vous de temps en temps. Aucun d'entre nous n'est parfait, et la maison non plus.

— C'est la maison parfaite pour nous.

— Exactement. Et nous sommes la famille parfaite pour elle.

Sortie de secours

Après le petit déjeuner, Maman a passé beaucoup de temps à arpenter le côté de la maison, désormais débarrassé du rhododendron. Elle avait un grand sourire aux lèvres.

— Il y a plein de place ! répétait-elle sans arrêt.

Puis soudain, devant mes yeux, elle s'est arrêtée pour regarder quelque chose par terre. Elle s'est baissée, a enfoncé le bras dans ce qui restait du massif, en a sorti une liasse de papiers et les a étudiés avec attention.

Je suis allée voir.

— Des mots de l'école de William D, a-t-elle dit en me les montrant. Quel garnement, celui-là ! J'aurais dû m'en douter...

— Il les cachait là-dedans.

— Je trouvais ça suspect, aussi, que nous n'ayons pas eu UN SEUL MOT de l'école depuis longtemps. Il est malin comme un singe.

— Pas si malin que ça, ai-je souligné. Sinon, il aurait compris que les mots seraient retrouvés une fois le rhododendron ratiboisé.

— Sans l'incendie, il n'aurait JAMAIS été ratiboisé. William D savait que c'était la cachette la plus sûre.

— Tu vas lui reprendre ses Pokémons?

Maman a réfléchi un instant, puis a secoué la tête.

— Non, il mérite une récompense pour avoir été si astucieux. La prochaine fois, il faudra que j'essaie une autre approche.

Le samedi SUIVANT

C'était le jour de la grande fête. J'avais annoncé à mes amis que c'était pour mon anniversaire, mais en réalité c'était pour tout le monde. Je me suis réveillée tard, un peu paniquée parce que j'étais censée aider. Courant à la fenêtre, j'ai constaté avec joie qu'il faisait beau et que le soleil commençait à chauffer. Maman m'avait dit que plein de gens avaient accepté l'invitation, mais s'était refusée à me préciser qui. J'étais un peu inquiète. Quand je suis descendue à la cuisine, Emily mangeait des céréales avec Marguerite. J'ai vu que Maman, Papa, Jacob et Vicky étaient déjà en train de tout préparer dehors. Il y avait des tables à pique-nique alignées bout à bout, un château gonflable, le barbecue était prêt et Jacob installait sa platine et ses enceintes pour la musique. Vicky Bellamy accrochait des guirlandes, évidemment. Elle n'avait pas mis longtemps à remplacer celles qui avaient brûlé.

Au bout du jardin se dressait un grand barnum en toile, à la place du pavillon d'été.

— Je croyais qu'on n'en avait pas, ai-je dit à Maman.

— En effet, on n'en avait pas. Mais après que la fête de cette pauvre Imogen a été gâchée par la pluie, je me suis dit que ce serait une bonne idée d'en acheter un.

La fête commençait à midi, et les gens ont commencé à arriver peu après. Le plus drôle, c'est que la Porte d'Entrée s'est ouverte sans problème toute la journée. Papa disait que c'était parce qu'il faisait sec. Maman, que c'était parce qu'elle savait que le rhododendron n'était plus là et que ça ne servait plus à rien de nous jouer des tours idiots. Marguerite, que c'était parce qu'elle était contente de la fête et se sentait d'humeur accueillante.

— Je crois que c'est Marguerite qui a raison, ai-je déclaré, cette fête n'est pas que pour la famille, elle est pour toute la maison, y compris la Porte d'Entrée.

M. Coleman a été le premier arrivé. Maman m'a soufflé à l'oreille qu'elle avait été obligée de l'inviter pour qu'il ne se plaigne pas du bruit. M. et Mme Guptil aussi sont venus. Ils sont très gentils et M. Guptil m'a donné une enveloppe avec un peu d'argent, que Maman a prise en disant qu'elle mettrait ça sur un compte pour mes dix-huit ans. Aussitôt qu'elle passerait à la banque.

Nos voisins-de-l'autre-côté, Justin et Gavin, étaient des nôtres. Ils sont très sympas et très drôles. Ils nous ont appris que leur moment préféré de la journée était celui où ils entendaient Maman crier « SCOU-BIDOU-BIDOU ! » dans le jardin.

La suivante dans l'ordre d'arrivée a été Cara. J'ai dû la présenter à Papa, qui n'avait jamais été debout assez tôt pour la voir.

— Chloé m'aide bien, et j'apprécie sa compagnie, a-t-elle dit à mes parents.

— Ah oui ? Euh... ça ne m'étonne pas, a bafouillé Papa, un peu perplexe.

Je ne m'étais jamais décidée à parler d'elle aux parents. Je l'ai fait entrer et l'ai présentée à Justin et Gavin. Comme ils ne se faisaient pas livrer de lait, ils ne risquaient pas de me dénoncer, et puis je me disais que Cara voudrait peut-être essayer de les recruter comme nouveaux clients.

On m'a tapé sur l'épaule. C'était Maman, avec un vieux monsieur que je ne reconnaissais pas.

— Je te présente M. Simpson, Chloé.

Je suis restée un peu abasourdie avant de retrouver mes bonnes manières.

— Enchantée, ai-je dit. (Il avait l'air en parfaite santé.) Où est Mme Simpson ?

— Elle n'est pas dans son assiette. Je ne pense pas qu'elle se joigne à nous.

J'ai été immensément soulagée de voir M. Simpson et de constater qu'il allait bien. Sauf qu'à présent j'étais légèrement inquiète pour Mme Simpson. Cela ne lui ressemblait pas d'être malade. C'était chouette d'être entourée d'autant de voisins, et d'Emily. Mais j'espérais voir arriver d'autres de mes amis. J'avais tort de m'en faire, car nous avons bientôt entendu plusieurs personnes longer la maison. C'étaient Hannah et Sophie, apparemment ravies d'être là. Elles m'ont donné des cadeaux et m'ont embrassée chaleureusement.

— Je n'étais jamais venue chez toi, Chloé, m'a dit Sophie. J'adore ton jardin !

J'ai rougi. C'est vrai que notre maison n'est pas aussi grande ni chic que beaucoup d'autres dans les parages. Mais notre jardin est plus vaste et plus agréable qu'à peu près tous ceux que je connais, surtout depuis que nous l'avons arrangé. Les cerises mûrissent dans le cerisier et les prunes commencent à prendre une belle couleur violette. Nous avons découvert un pommier dont nous ignorions l'existence. Il y a beaucoup de place où courir maintenant.

Puis Oliver et Thomas sont arrivés. Oliver avait un ballon de foot sous le bras, et après m'avoir rapidement souhaité un bon anniv il est parti jouer sur la pelouse n° 2, où il y avait plus d'espace. Thomas est resté encore un petit moment. L'air très nerveux, il m'a tendu son cadeau et a remercié ses chaussures de l'avoir invité. Après quoi il a filé rejoindre Oliver.

— Tu lui plais ! m'a lancé Hannah.

Je me suis sentie virer au rouge.

— Tais-toi !

J'ai regardé le cadeau qu'il m'avait donné : le papier représentait des reliures de livres dans une vieille librairie. Thomas savait que j'aimais les livres. Je me suis demandé s'il avait choisi le papier lui-même.

Gurinder et Ellie ont été les suivants, puis Tamsin. Ensuite, Georgie Turner, ma meilleure amie à Londres, que je n'avais pas vue depuis des siècles. Enfin, Tobias, qui peut être un peu encombrant dans une fête mais qui est toujours très enthousiaste. Sa maman est restée pour aider. Une personne n'était pas encore arrivée. Je n'arrêtais pas de regarder vers la Sortie de Secours en espérant qu'elle débarquerait au cours de l'après-midi. Nous avons fait le barbecue, mangé des gâteaux, puis organisé une partie de BOUMball géante, tous ensemble. M. Guptil a reçu la balle dans la tempe, mais cela a paru l'amuser. M. Coleman a secoué la tête et est allé s'asseoir sous le barnum avec un verre de vin. Ensuite, DJ Deal a lancé la musique et les adultes se sont regroupés pour bavarder tandis que nous sautions en l'air sur du Katy Perry et du Little Mix. Même les garçons ont participé. Tobias a brûlé beaucoup d'énergie.

En pleine pirouette, j'ai soudain vu arriver la dernière invitée. Charlie. J'ai couru à sa rencontre.

— Merci d'être venue.

— Merci de m'avoir invitée. Désolée d'être en retard, j'ai dû faire des heures sup.

Elle m'a tendu un cadeau. Elle était ravissante. Elle était maquillée, mais il fallait vraiment bien regarder pour le remarquer. En me penchant vers elle pour prendre le cadeau, j'ai senti un effluve de vinaigre. Mon cœur s'est serré. Elle n'avait pas compris le message !

— Jacob est aux platines, lui ai-je dit.

— C'est toi que je suis venue voir, pas Jacob.

J'ai dû avoir l'air déçue.

— Chloé, je travaille dans un *fish and chips*. Je suis Charlie-du-Fish-and-Chips. Je sens le vinaigre. Et si ça dégoûte Jacob, eh bien tant pis. Je ne vais pas me récurer la peau tous les soirs juste pour un garçon. Même un garçon canon qui a deux petites sœurs adorables.

— Et un petit frère, lui a rappelé Marguerite. N'oublie pas William D.

— Comment pourrais-je oublier William D ?

Nous avons pivoté pour le regarder slalomer à fond de train dans un groupe de gens, le ballon de foot sous le bras, poursuivi par Oliver et Thomas furieux.

Charlie est venue danser un petit moment avec nous et j'ai vu Jacob faire semblant de ne pas la regarder. Pendant une chanson, le téléphone d'Hannah a sonné : c'était Imogen, qui appelait de La Barbade par Facetime. Nous nous sommes pressées autour du téléphone pour voir. Elle était renfrognée.

— Il pleut, ici, a-t-elle dit. On ne peut pas aller à la plage. Vous êtes où ?

— À la fête de Chloé, a crié Hannah par-dessus la musique. C'est génial !

— Il y a qui ? a fait Imogen, encore plus ronchon.

— Tout le monde !

Du moins tous ceux qui comptent, ai-je pensé. J'ai contemplé ma famille, mes amis, mon petit monde. J'ai vu Emily se trémousser avec Marguerite et Tamsin. J'ai vu Charlie, à côté de Jacob aux platines ; il lui montrait comment manœuvrer les réglages, et elle riait. J'ai vu Thomas et Oliver faire des bonds en poussant des cris stridents ; j'ai vu Vicky et M. Simpson et M. Coleman et M. et Mme Guptil et Justin et Gavin. J'ai vu Papa rire d'une blague que lui racontait Maman. Rire à perdre haleine.

J'ai entouré Hannah de mon bras et scruté la petite figure furieuse d'Imogen sur l'écran.

— Désolée pour toi qu'il pleuve à La Barbade, Imogen, lui ai-je dit. Vraiment, ça me navre.

ÇA, c'était de l'ironie.

Et donc, au son de la musique, nous avons dansé sous le soleil dans le jardin derrière notre maison. Au crépuscule, Jacob a soudain baissé le volume. Nous l'avons regardé et il a désigné le ciel. En arquant le cou, nous avons vu des centaines de petites silhouettes noires sortir en silence d'un point sous le toit et s'abîmer dans la pénombre. Lentement, de plus en plus fort, il a enchaîné un nouveau morceau avec le précédent. J'ai mis un moment avant de reconnaître ce que c'était.

C'était la musique de *Batman*. Soudain, William D est monté sur la table à pique-nique, les poings triomphalement dressés en l'air, en hurlant à pleine voix :

— TROP NUUUUUUL !

Le Papa-qui-Crie

Deux jours plus tard, je lisais dans ma chambre lorsque j'ai entendu une voix très forte, et très familière, s'élever dans la rue.

— OK, ALLEZ-Y !

— Marguerite, Marguerite ! ai-je crié en courant à la fenêtre.

Elle est arrivée à toute vitesse, le visage illuminé comme un écran plasma. Nous nous sommes mises à genoux sur l'appui de la fenêtre et avons sorti la tête dans le grand soleil. Là, devant la maison des Duke : le Papa-qui-Crie, triomphalement revenu, et plus râleur que jamais.

— Il est de retour ! s'est exclamée Marguerite avec ravissement.

Je lui ai souri en hochant le menton.

— VOUS AVEZ OUVERT LE ROBINET ?! a-t-il hurlé. ÇA NE MARCHE PAS !

Il tenait à la main un tuyau d'arrosage. Ses deux

filles étaient sur le côté de la maison, en train de tripoter le robinet extérieur.

— IL DOIT Y AVOIR UNE BOUCLE DANS LE TUYAU ! ESSAYEZ DE L'ÉLIMINER.

Il a attendu encore un peu, mais rien ne se passait. Une des filles lui a dit quelque chose et il a pointé le bout du tuyau vers lui pour regarder dedans. Rapidement, l'une des filles a défait une boucle dans le tuyau, et un puissant jet d'eau a jailli en plein dans la figure du Papa-qui-Crie, lequel s'est retrouvé trempé.

— AAAAAARH ! C'EST PAS VRAI ! QU'EST-CE QUE VOUS AVEZ FICHU ?

Une fenêtre s'est ouverte à l'étage et Mme Duke a sorti la tête. Elle a dû dire quelque chose à son mari, car il a levé les yeux vers elle.

— JE M'EN OCCUPE DANS UNE MINUTE ! lui a-t-il crié en réponse. BON SANG DE BONSOIR, J'ESSAIE D'ARROSER LE JARDIN. IL EST DESSÉCHÉ. DESSÉCHÉ !

Marguerite et moi avons échangé un sourire. Tout était de nouveau à sa place.